रिमोट

द सोशल मीडिया वॉर

रिमोट

द सोशल मीडिया वॉर

हरीश पपनै

विद्या विहार, नई दिल्ली

प्रकाशक : विद्या विहार
19, संत विहार (पहली मंजिल) गली नं. 2, अंसारी रोड, नई दिल्ली–110002
 / संस्करण : प्रथम, 2024 / पेपरबैक मूल्य : तीन सौ रुपए
मुद्रक : आर–टेक ऑफसेट प्रिंटर्स, दिल्ली ISBN 978-93-89471-51-9

REMOTE : The Social Media War

by Shri Harish Papnai ₹ 300.00 (PB)

Published by **VIDYA VIHAR**
19, Sant Vihar (First Floor), Street No. 2, Ansari Road, New Delhi-110002

यह पुस्तक
देश की एकता, अखंडता
और संप्रभुता को
समर्पित है!

अनुक्रम

परिचय

जैसा कि मेरी कहानी के टाइटल से स्पष्ट है कि मेरी यह कहानी 'रिमोट : द सोशल मीडिया वॉर' सोशल मीडिया पर आधारित है। आज के युग में सोशल मीडिया सबसे तेजी से विस्तार करने वाला वर्चुअल प्लेटफॉर्म है, जो आज हमारी दिनचर्या में इस तरह हावी हो गया है कि प्रत्येक व्यक्ति सोने से पूर्व और उठने के बाद सोशल मीडिया को देखना पसंद करता है। सोशल मीडिया के बढ़ते प्रभाव को देखते हुए यह कहना गलत नहीं होगा कि आज इंसान सोशल मीडिया नहीं, बल्कि सोशल मीडिया इंसान को चला रहा है।

भारत में सोशल मीडिया का विस्तार

सोशल मीडिया पर उमड़ी अथाह भीड़ इसे बाकी प्लेटफॉर्म से अधिक विकसित और विशाल बनाती है। हर एक इंसान अपनी-अपनी दिलचस्पी के हिसाब से सोशल मीडिया से जुड़ता जा रहा है। कुछ लोग शिक्षा तो कुछ लोग मनोरंजन और आय के साधन के रूप में सोशल मीडिया का इस्तेमाल कर रहे हैं। जिस कारण सोशल मीडिया प्रत्येक व्यक्ति के जीवन का एक अभिन्न हिस्सा बन गया है, जिसके बिना हर एक इंसान अधूरा-अधूरा सा महसूस करता है।

वैसे तो भारत में कई सोशल मीडिया एप और वेबसाइट आए, पर फेसबुक के आगमन के बाद लोगों का सोशल मीडिया की तरफ आकर्षण बढ़ता नजर आया। भारत के लोगों ने फेसबुक को खूब पसंद किया। लोगों ने अपनी पूरी दिनचर्या को तसवीर या चलचित्र के माध्यम से सोशल मीडिया पर प्रेषित करना शुरू किया, जो बढ़ते-बढ़ते अब लोगों ने क्या खाया है, क्या पहना है, कहाँ घूमने गए हैं आदि चीजें सोशल मीडिया पर साझा करने के साथ-साथ वो वर्तमान समय में क्या महसूस कर रहे हैं, यह तक सोशल मीडिया पर साझा करते हैं।

जब यू-ट्यूब का भारत में आगमन हुआ तो सोशल मीडिया और विकसित होता चला गया। यू-ट्यूब में लोग अपनी पसंद की वीडियो क्लिप, टी.वी. कार्यक्रम, संगीत वीडियो, फिल्मों के ट्रेलर, लाइव स्ट्रीम, न्यूज इत्यादि आसानी से देख सकते हैं। जिस कारण लोगों का इसके प्रति आकर्षण बढ़ता गया और भारत के लोग इससे जुड़ते चले गए। आज हर उम्र के लोगों के बीच यू-ट्यूब लोकप्रिय हो रहा है।

और फिर व्हाट्सएप के आगमन के बाद तो भारत में सोशल मीडिया के विकास की गति और भी प्रबल हो गई। भारत के लोगों ने इसे खूब पसंद किया। व्हाट्सएप के माध्यम से अनगिनत संदेश, फोटो, वीडियो, डॉक्यूमेंट, ऑडियो संदेश और फोन कॉल इत्यादि निःशुल्क कर सकते हैं। जिस कारण भारत के लोगों में इसका आकर्षण बढ़ा और वे इससे जुड़ते चले गए।

अगर आँकड़ों की बात करें तो भारत की जनसंख्या लगभग व्हाट्सएप

पर 40 करोड़, फेसबुक पर 23.2 करोड़ और यू-ट्यूब पर 22.5 करोड़ है। भारत में सोशल मीडिया की ओर बढ़ता आकर्षण नीचे दी गई टेबल के माध्यम से समझा जा सकता है।

APP NAME	ACTIVE USERS PER DAY	LINK
WhatsApp	400 million	https://www.whatsapp.com/
Facebook	232 million	https://www.facebook.com/
Instagram	231 million	https://www.instagram.com/
YouTube	225 million	https://www.youtube.com/
Telegram	202 million	https://telegram.org/
ShareChat	118 million	https://sharechat.com/
Snapchat	118 million	https://www.snapchat.com/
Moj	93 million	https://mojapp.in/

उपरोक्त आँकड़े यह बताने के लिए काफी हैं कि भारत में सोशल मीडिया का विस्तार किस कदर बढ़ता जा रहा है। लोगों में सोशल मीडिया के प्रति इस प्रकार का लगाव उन्हें इस पर निर्भर बना रहा है। जहाँ सोशल मीडिया ने आज के दौर में लगभग सभी क्षेत्रों में अपनी एक अहम भूमिका निभाई है। बात चाहे आई.टी. सेक्टर की, कृषि सेक्टर की, चिकित्सा क्षेत्र की या फिर शिक्षा क्षेत्र की करें, हर कहीं सोशल मीडिया किसी-न-किसी रूप से अपनी हिस्सेदारी निभाता है।

सोशल मीडिया का इस्तेमाल कई मायनों में लाभकारी है, लेकिन इसके कुछ कुप्रभाव भी हमारे देश में पड़ रहे हैं। लोग इसके पीछे अपनी रोजाना की जिंदगी का एक कीमती वक्त गँवा देते हैं। सोशल मीडिया पर दिन-प्रतिदिन बढ़ती लोगों की सक्रियता ने इसके कई आयामों को सामने लाया है। सोशल मीडिया पर लोग न केवल तसवीर और पोस्ट आपस में शेयर करते हैं, बल्कि कई बार अपने जीवन से जुड़ी कई अहम बातें भी शेयर कर जाते हैं। यही कारण है कि सोशल मीडिया कई बार असुरक्षित साबित हो चुका है।

आज लोग सोशल मीडिया में पोस्ट के माध्यम से अपनी राय रख रहे हैं और विभिन्न सूचनाओं का आदान-प्रदान कर रहे हैं, क्योंकि सोशल मीडिया एक ऐसा प्लेटफॉर्म है, जिसे आप कहीं भी और कभी भी इस्तेमाल कर सकते हैं, इसलिए लोग टी.वी. चैनल और पत्र-पत्रिकाओं से ज्यादा सोशल मीडिया से सूचनाएँ लेना पसंद कर रहे हैं। और यही कारण है कि आज देश में राष्ट्र विरोधी ताकतों का एक बड़ा गैंग सक्रियता से सोशल मीडिया के विभिन्न माध्यमों में फर्जी अकाउंट बनाकर गलत सूचनाओं को एक साथ प्रेषित कर आमजन को भ्रमित करने का कार्य कर रहा है। जो देश की एकता, अखंडता और संप्रभुता के लिए खतरा बनता जा रहा है।

'रिमोट : द सोशल मीडिया वॉर' के माध्यम से मैंने इन्हीं कुछ मुद्दों को रखने की कोशिश की है। 'रिमोट : द सोशल मीडिया वॉर' पूर्णतः एक काल्पनिक कहानी है। यह पुस्तक सभी राजनीतिक पार्टियों, धर्म, समाज एवं वर्ग का पूर्ण सम्मान करती है। अगर इससे किसी की भावनाओं को ठेस पहुँचे तो उसके लिए हमें खेद है।

'रिमोट : द सोशल मीडिया वॉर' कहानी के माध्यम से मैंने यह बताने की कोशिश की है कि कैसे सोशल मीडिया के जरिए राष्ट्र विरोधी ताकतें किसी भी देश को सामाजिक और आर्थिक नुकसान पहुँचा सकती हैं। इस पुस्तक का उद्देश्य केवल और केवल देश की एकता, अखंडता और संप्रभुता को बनाए रखना है।

आइए, आपको ले चलते हैं एक ऐसी पृष्ठभूमि में, जहाँ राष्ट्र विरोधी ताकतों का एक बड़ा गैंग सक्रियता से सोशल मीडिया के माध्यम से भारत को तबाह करने की साजिश रच रहा है। क्या वे अपने कुषड्यंत्रों में सफल हो पाएँगे ? क्या कोई इन राष्ट्र विरोधी ताकतों के मनसूबों को तबाह कर देश को बचा पाएगा ? यह जानने के लिए आपको इस कहानी को आखिरी पन्ने तक पढ़ना होगा। आशा करता हूँ कि आप इस कहानी से जुड़कर इस चक्रव्यूह के कुषड्यंत्रों की दुनिया को नजदीक से देख और समझ पाएँगे।

रिमोट : द सोशल मीडिया वॉर

कहानी की शुरुआत : दुबई के एक 7 स्टार होटल में सिक्योरिटी का बहुत पुख्ता इंतजाम होता है। सिक्योरिटी इतनी टाइट है कि कोई परिंदा भी पर नहीं मार सकता, क्योंकि आज यहाँ एक VVIP मीटिंग होने वाली है। जिस कारण होटल का सभी स्टाफ VVIP मेहमानों के लिए यहाँ से वहाँ भाग-भागकर काम कर रहा है।

यह एक गुप्त मीटिंग है, जिसमें कई महत्त्वपूर्ण बातों को गुप्त रखा जाएगा, जिसके लिए VVIP मेहमानों के प्रोटोकॉल को ध्यान में रखते हुए कुछ CCTV कैमरों को भी बंद रखने के आदेश थे और मीडियाकर्मियों का भी होटल के अंदर प्रवेश वर्जित रखा गया था।

अचानक बड़ी-बड़ी गाड़ियों का आगमन होता है, जिसमें देश-विदेश की कई नामचीन हस्तियाँ आती हैं और योजना अनुसार बैठक स्थल की ओर बढ़ जाती हैं।

अगला दृश्य

सभी होटल के बड़े से सम्मेलन कक्ष (Confrence Room) में पहुँच जाते हैं। होटल स्टाफ सभी के लिए चाय, कॉफी व कुछ पकवान सर्व करता है; क्योंकि इसके बाद उनका भी इस सम्मेलन कक्ष में बिना इजाजत घुसना मना था। क्योंकि यहाँ आज एक महत्त्वपूर्ण मीटिंग होने वाली है, जिसमें कई बातों को गुप्त रखना हैं और अगर ये बातें किसी भी माध्यम से बाहर चली गईं तो इस गुप्त सम्मेलन का कोई अर्थ नहीं रहेगा। इसी कारण होटल स्टाफ सभी को चाय, कॉफी इत्यादि सर्व करने के बाद

सम्मेलन कक्ष से बाहर चले जाते हैं और सम्मलेन कक्ष का दरवाजा लॉक कर दिया जाता है।

होटल के सम्मेलन कक्ष में पाकिस्तान, चीन, बांग्लादेश, भारत, सीरिया और कोरियाई देशों की कई नामचीन हस्तियाँ बैठी हुई हैं। इन नामचीन हस्तियों में— पाकिस्तानी राष्ट्र-विरोधी ताकत, चीनी राष्ट्र-विरोधी ताकत, सीरियाई, बांग्लादेशी और कोरियाई राष्ट्र-विरोधी ताकतें, भ्रष्ट राजनेता और व्यापारी इत्यादि शामिल थे, जो इस बात से परेशान हैं कि भारत आज तेजी से विकास कर रहा है, उसका जी.डी.पी. रेट सुधर रहा है, आज भारत को G20 जैसे कई बड़े मंचों की सदस्यता भी मिल रही है, इम्पोर्ट-एक्सपोर्ट के सेक्टर में भारत का वर्चस्व बढ़ रहा है, शिक्षा और मेडिकल सेक्टर में भी भारत के विकास की गति बढ़ रही है इत्यादि। ऐसे अनेक कारण थे, जिनकी वजह से इस तत्काल सम्मेलन का आयोजन किया गया था। इन सभी का एक ही उद्देश्य है कि कैसे भारत का विकास रथ रोका जाए और इसे कैसे घुटने पर लाया जाए। इसी परेशानी में सभी तर्क-वितर्क करते-करते अपने-अपने कुतर्क देते हैं—

'पाकिस्तानी राष्ट्र-विरोधी ताकत' बहुत ही गंभीर स्वर में कहता है, "हम अब तक भारत को कमजोर करने के लिए आतंकवादी गतिविधियों का इस्तेमाल करते थे, पर अब भारत की सिक्योरिटी सिस्टम और खुफिया एजेंसी इतनी शक्तिशाली हो गई है कि वो इससे आसानी से निपट लेती है। इसलिए हमें और शक्ति व इकोनॉमी मदद की जरूरत है, ताकि हम इस आतंकवादी गतिविधियों को और अधिक मात्रा में बढ़ा सके तथा भारत को घुटने पर ला सके।"

'सीरियाई राष्ट्र-विरोधी ताकत' गुस्से से रौब दिखाते हुए कहता है, "हम भारत के लिए कच्चे तेल को महँगा कर देंगे, ताकि महँगाई की मार से उसकी कमर टूट जाए। क्योंकि यह महँगाई जब बड़े-बड़े देश को तोड़कर रख देती है तो यह तो बस एक छोटा सा ही देश है, जिसे आसानी से तहस-नहस किया जा सकता है। जब महँगाई की मार पड़ेगी न तो देश की जनता भूखी-नंगी हो जाएगी।"

'कोरियाई राष्ट्र–विरोधी ताकत' गुस्से से दाँतों को भीचते हुए कहता है, "हम इंटरनेशनल मार्किट में भारत का सामान खरीदना बंद कर देंगे। इससे उसकी इकोनॉमी अपने आप गिर जाएगी। मैं तो कहता हूँ कि हमें मिलकर भारत को इंटरनेशनल मार्किट में बैन करने के लिए US में दबाव बनाना चाहिए, ताकि इसे इंटरनेशनल मार्किट में बैन किया जा सके।"

"आप कुछ भी करो, पर एक बार हमें सत्ता में बैठा दो, फिर देखो हम कैसे आप लोगों की सारी समस्याएँ सुलझा देंगे।" कुछ भ्रष्ट पॉलिटिशियन ने अपना रौब दिखाते हुए कहा।

इस पर सभी भ्रष्ट व्यापारी का एक साथ चिल्लाकर बोलना, "हाँ–हाँ... कुछ भी करो और जल्दी करो, वरना जिस तरह भारत की जनता आज बस 'मेड इन इंडिया' प्रोडक्ट की ओर आकर्षित हो रही है, वो दिन दूर नहीं जब हमें कटोरा लेके और बोरिया–बिस्तरा बाँधकर भागना पड़ेगा। और यह मत भूलो कि अगर हम लोग सड़क पर आए तो इसमें नुकसान आप लोगों का भी होगा, क्योंकि अगर हम लोग कमाते हैं तो उसमें कुछ फंडिंग आप लोगों को भी जाती है और बिना फंड के तो तुम्हारे भी सारे काम धरे–के–धरे रह जाएँगे। फिर देखते रहना भारत की प्रगति और हम लोगों की बर्बादी। याद रहे, अगर भारत आबाद होता है तो हम लोग बरबाद हो जाएँगे।"

इस सारी बहस के बीच चीनी व्यक्ति आराम से सबकी बातें सुन रहा था, जो इन राष्ट्र–विरोधी ताकतों का एक बड़ा सरगना था और इसी के कहने से ही आज इस तत्काल मीटिंग का आयोजन किया गया था।

तभी चीनी सबकी बातें सुनते–सुनते अचानक जोर–जोर से हँसने लगता है। चीनी की इस हरकत से पूरे सम्मेलन कक्ष में एक सन्नाटा–सा फैल जाता है और सभी लोग एक–दूसरे का मुँह देखने लगते हैं, क्योंकि उन्हें समझ नहीं आ रहा था कि आखिर इस परेशानी में चीनी (जो उनका मास्टरमाइंड भी था) के हँसने का क्या कारण हो सकता है? उन्हें चीनी की इस हरकत पर गुस्सा तो बहुत आ रहा था, फिर भी हिम्मत करके उनमें से एक बिजनेसमैन चीनी से पूछता है :

"आप इतने सीरियस मैटर में हँस रहे हो! क्या भारत के दिन–प्रतिदिन

बढ़ते कद से आपको आपत्ति नहीं है? क्या भारत की उन्नति से आपको चिंता नहीं हो रही या आप सोच रहे हो कि अगर भारत बढ़ता है तो इसमें आपका कोई नुकसान नहीं, केवल और केवल हमारा ही नुकसान है? अगर आपकी यही सोच है तो माफ कीजिएगा, अगर भारत बढ़ता है तो इसमें सबसे ज्यादा नुकसान आपका ही है। अगर भारत बढ़ता है तो आप भी आसमान से सीधे जमीन पर आ जाओगे। याद रखिए, आज इंटरनेशनल मार्किट में आपसे ज्यादा भारत को ही प्रधानता मिल रही है। आज दुनिया का हर इन्वेस्टर चीन से ज्यादा भारत में इन्वेस्ट करना पसंद करता है।

अगर अभी भी आपको ऐसा ही लगता है तो यह तत्काल मीटिंग बुलाने की जरूरत ही क्या थी? क्या इसका मकसद हमें बेइज्जत करना था या भारत के गुणगान गाने हम यहाँ आए थे? (तंज कसते हुए स्वर में) लगता है, हमको अब अपनी-अपनी दुकान बंद करके कुछ और ही धंधा खोलना पड़ेगा, ताकि दो रोटी का तो इंतजाम होता रहे।" ऐसा कहते ही चारों ओर नकली हँसी की आवाज गूँज जाती है।

चीनी व्यक्ति सबको चुप कराते हुए कहता है, "मुझे माफ करना, अगर मेरी इस हँसी से आप सबको ठेस पहुँची हो। असल में भारत के बढ़ते कद से हमें भी उतनी ही दिक्कत है, जितनी कि आप सबको। आज हर विदेशी इन्वेस्टर की पहली पसंद भारत बना हुआ है, हर बड़े विदेशी मंच पर भारत को बहुत सम्मान मिल रहा है। जिसका सीधा असर हमारी मार्किट में भी देखने को मिल रहा है। अगर जल्द ही हम कुछ नहीं करते तो भारत हमारी पहुँच से काफी आगे निकल जाएगा।"

"तो फिर आप हँस क्यों रहे थे?" पाकिस्तानी ने पूछा।

चीनी गंभीर स्वर में कहता है, "मुझे हँसी आप लोगों के इस कुतर्क पर आई, क्योंकि अगर आप सोच रहे हो कि भारत को इंटरनेशनल मार्किट में बैन करके हम उसकी इकोनॉमी गिरा सकते हैं तो शायद आपको मालूम नहीं, आज भारत की अपनी मार्किट दुनिया में सबसे बड़ी मार्किट है और भारत से ज्यादा हम लोगों को अपनी इकोनॉमी को बढ़ाने के लिए भारत की मार्किट की जरूरत होती है।"

"तो हम आतंकवादी हमले बढ़ा देते हैं?" पाकिस्तानी ने कहा।

"नहीं, आतंकवादी हमले बढ़ाने से भी कुछ फायदा नहीं होगा, क्योंकि मौजूदा समय में उसका डिफेंस सिस्टम बहुत मजबूत होता जा रहा है और बाकी बड़े सुपर पावर देशों का भी उसे फुल सपोर्ट है। ऐसे में वो आसानी से इन सबसे निपट लेगा। भूल गए पुलवामा, बालाकोट एयरस्ट्राइक, गलवान; ऐसे काफी उदाहरण मौजूद हैं।" चीनी ने बड़े ही भारी मन से कहा।

"तो फिर बायो वॉर से हम भारत को नुकसान पहुँचा सकते हैं?" कोरियाई ने अपना सुझाव देते हुए बीच में कहा।

"नहीं, बायो वॉर से भी कुछ नहीं होगा, क्योंकि मेडिकल सेक्टर में भी कोरोना जैसी महामारी से भारत आसानी से निपट लिया था और साथ ही एंटी वायरस भी सबसे पहले बना लिया था। इससे साफ है कि बायो वॉर से भी हम भारत का कुछ नहीं उखाड़ सकते, उलटा अगर यह हमारे यहाँ ही फैल गया तो हमारी इकोनॉमी में बहुत ही नकारात्मक प्रभाव पड़ेंगे।" चीनी ने निराशाजनक आवाज में कहा, जिसे देख चीनी की बेबसी को महसूस किया जा सकता था।

इससे सभी परेशान होकर कहते हैं, "हम यह भी नहीं कर सकते, हम वो भी नहीं कर सकते तो क्या करें? आपके पास कुछ प्लान हैं? क्योंकि अब हम हाथ-पर-हाथ रखकर तो नहीं बैठ सकते।"

"हाँ, मेरे पास एक प्लान है, जिससे भारत को जन, धन और संपत्ति, सबका भारी नुकसान होगा।" चीनी ने बुलंद आवाज में कहा।

सभी, जो अभी तक भारत को तबाह करने के विचार को बस एक सपना मान चुके थे, चीनी के इस जवाब ने मानो सबके उदास चेहरे पर आशा की एक किरण का काम किया और सभी एक स्वर में पूछते हैं, "ऐसा क्या··पर क्या है वो प्लान?"

"वो प्लान है 'ऑपरेशन रिमोट'।" चीनी ने कहा। जिसे सुन सभा में बैठे सभी सदस्यों का मुँह खुला-का-खुला रह गया।

" 'ऑपरेशन रिमोट', पर क्या है यह 'ऑपरेशन रिमोट'?" सीरियाई ने बहुत ही उत्सुकतापूर्ण पूछा।

" 'ऑपरेशन रिमोट'... जैसे किसी रिमोट के माध्यम से कोई TV या इलेक्ट्रॉनिक सामान अपनी इच्छानुसार उपयोग किया जाता है, ठीक उसी तर्ज पर हमारा यह 'ऑपरेशन रिमोट' भी काम करेगा।" चीनी ने उदाहरण देते हुए कहा।

चीनी के ऐसे जवाब से सभी बड़ी हैरानी से एक-दूसरे का मुँह देखते हैं, क्योंकि उन्हें समझ नहीं आ रहा था कि चीनी ऐसी विचित्र बातें क्यों बोल रहा है? क्या, सही में उसके पास कोई प्लान है भी या फिर बस हवा में तीर छोड़ रहा है। तभी कोरियाई भारी स्वर में पूछता है, "पर यह कैसे काम करेगा?"

" 'ऑपरेशन रिमोट' भारत की बढ़ती एकता को तोड़कर भारत को तबाह करने तक का काम करेगा।" चीनी ने एक स्वर में कहा।

"एकता टूटेगी? पर कैसे?" पाकिस्तानी ने संदेहपूर्वक अपनी भौंहें उठाते हुए पूछा।

चीनी अपनी बात को आगे बढ़ाते हुए कहता है, "आज भारत की जो सबसे बड़ी शक्ति है, वो है उसकी एकता, जो दिन-प्रतिदिन बढ़ती जा रही है। इसका मूल कारण है, प्रत्येक भारतीय, चाहे वो किसी भी धर्म का, समाज का या प्रांत का हो, पर जब बात देश की आती है तो सब एक साथ मिलकर एकता से एक ही पक्ष में खड़े रहते हैं, उन्हें अपने देश पर, आर्मी पर और किसानों पर पूर्ण भरोसा है। 'ऑपरेशन रिमोट' उनका यही विश्वास डगमगाएगा और जब विश्वास टूटेगा तो एकता भी टूटेगी।"

सभी अपना सिर हिलाते हुए चीनी के कथन में अपनी सहमति दिखाते हैं और कहते हैं, "वो तो है, आज भारत का प्रत्येक नागरिक देशहित की बातें करता है, चाहे विचारों और संस्कृति में कितनी ही विभिन्नताएँ क्यों न हों, पर देश के मामले में सब एक रहकर समान रूप से बात करते हैं। पर हम समझे नहीं कि यह 'ऑपरेशन रिमोट' कैसे इनको अलग-अलग सोचने पर मजबूर करेगा? आप इतनी पहेली क्यों बुझा रहे हो, आखिर क्या है ये 'ऑपरेशन रिमोट'?"

"आपने वो बात तो सुनी ही होगी कि फूट डालो और शासन करो, 'ऑपरेशन रिमोट' कुछ ऐसा ही करेगा। असल में 'ऑपरेशन रिमोट' एक

सोशल मीडिया वॉर है।" चीनी ने अपनी एक उँगली को ऊपर करते हुए कहा।

पाकिस्तानी थोड़ा आश्चर्य से पूछता है, "सोशल मीडिया वॉर? आज तक हमने वर्ल्ड वॉर सुना, बायो वॉर सुना, पर यह सोशल मीडिया वॉर''यह पहली बार सुना है।"

"हाँ, आज के डिजिटल युग में सोशल मीडिया ही एक ऐसा जरिया है, जिससे हम किसी भी समाज, राज्य और देश को आसानी से जोड़ सकते हैं। सोशल मीडिया के जरिए ही हम किसी भी देश को अंदर से खोखला कर सकते हैं, इसके जरिए हम भारत को आर्थिक व सामाजिक दोनों रूप से नुकसान पहुँचा सकते हैं।" चीनी ने मुस्कराते हुए कहा।

"हम समझे नहीं कि हम सोशल मीडिया के माध्यम से कैसे लड़ सकते हैं। न वहाँ बंदूक चल सकेगी और न ही बम के धमाके," सीरियाई व्यक्ति के ऐसा कहते ही, सम्मेलन कक्ष में मौजूद सभी सदस्य हँस पड़ते हैं।

चीनी सबकी हँसी की आवाज को रोकते हुए एक बड़ी सी मुस्कान के साथ कहता है, "जी हाँ, वहाँ न बंदूक चाहिए, न ही बम, पर यह बंदूक और बम दोनों से कई ज्यादा नुकसान कर सकता है और इसी प्लान को लागू करने के लिए मैंने आज यह तत्काल मीटिंग बुलाई है, ताकि हम आपसे भी 'ऑपरेशन रिमोट' का प्लान साझा कर सकें।"

"हाँ-हाँ, नेकी और पूछ-पूछ, बताएँ हमें क्या करना होगा और कैसे करना होगा?" सभी ने काफी जोश से एक स्वर में कहा।

"आज भारत तेजी से डिजिटलाइजेशन की ओर बढ़ रहा है, उसकी लगभग 25 करोड़ से ज्यादा जनसंख्या सोशल मीडिया इस्तेमाल करती है। हमें बस इसी चीज का फायदा उठाना होगा, हमें सोशल मीडिया में कई पेज व ग्रुप बनाकर उनसे जुड़ना होगा और जब वे हमसे जुड़ गए तो हम उनसे वो करवा सकते हैं, जो हम चाहते हैं। असल में, हम उन्हें एक रिमोट की तरह इस्तेमाल करके उनसे वो सारे काम कराएँगे, जो हम चाहते हैं।" चीनी ने कहा।

"मियाँ, ये तो आपने हाथी को कच्छा पहनाने और मगरमच्छ को जीरा

खिलाने वाली बात कह दी। भला वो क्यों हमसे जुड़ेंगे और जुड़ भी गए तो क्यों हमारे इशारों पर चलेंगे। मियाँ, आप बुरा न मानना, पर हमें तो आपका ये 'ऑपरेशन रिमोट' शुरू होने से पहले ही फ्लॉप होता दिख रहा है।" पाकिस्तानी ने चुटकी लेते हुए कहा, जो अभी भी चीनी की इस योजना को संदेहपूर्वक देख रहा था।

"मुझे पूरा विश्वास था कि आप लोग कुछ इसी तरह रिएक्ट करोगे, क्योंकि जिस हाथ को केवल बंदूक या बम फेंकने आते हों, वो कलम की ताकत को छोटा ही समझेगा।" चीनी ने तंज कसते हुए कहा।

चीनी अपनी बात को आगे बढ़ाते हुए कहता है, "आपको शायद इस बात का इल्म होगा कि किसी के दिमाग को अपनी बातों से वश में करके उसे जब मानव बम की तरह इस्तेमाल कर सकते हैं तो अपने इशारो पर भी घुमा सकते हैं।"

"पर वहाँ बात धर्म की आती है और अगर इंसान के धर्म में बात आए तो वो कुछ भी कर सकता है।" पाकिस्तानी ने कहा।

"जी नहीं, वहाँ बात धर्म की नहीं, कट्टरता की होती है।" चीनी ने कहा।

"तो कट्टरता तो धर्म का ही एक भाग है।" पाकिस्तानी ने एक विश्वास भरे स्वर में कहा।

"नहीं, कट्टरता और धर्म एक-दूसरे से बिल्कुल अलग-अलग होते हैं। हर समाज, धर्म और समुदाय में कुछ गलत और सही चीजें विद्यमान होती हैं और जब कोई इंसान किसी धर्म, समाज और समुदाय में गलत को भी और सही को भी सपोर्ट करने लगे, वहाँ से वो कट्टर होता चला जाता है; क्योंकि कट्टरता एक ऐसा चश्मा है, जिसमें केवल सही ही दिखता है और गलत दिखता ही नहीं। हम सोशल मीडिया के माध्यम से भारत के लोगों से जुड़ेंगे और उसे एक ऐसे समुदाय का हिस्सा बनाएँगे, जहाँ उसे सब सही ही दिखे और जब हमें यकीन हो जाए कि वो हमारी सब जायज और नाजायज बातों का समर्थन कर रहे हैं, तब हम उनसे वो करवाएँगे, जो हम चाहते हैं।" चीनी ने कहा।

इस पर 'आतंकवादी संगठन', जो काफी देर से चुप बैठा हुआ था, अपनी बात रखते हुए कहता है, "पर वो हमसे क्यों जुड़ेंगे और कैसे जुड़ेंगे? क्योंकि जहाँ तक हम देख पा रहे हैं, यह प्लान तभी सक्सेसफुल होगा, जब भारत की जनता हमसे जुड़ेगी और अगर नहीं जुड़ी तो सारा-का-सारा प्लान धरा-का-धरा रह जाएगा। क्या आपके पास इसके लिए भी कुछ प्लान है या सारी बातें बस हवा में कर रहे हो?"

चीनी सुनते ही मुस्करा जाता है, क्योंकि उसे 'आतंकवादी संगठन' की ओर से इस प्रकार के सवाल की उम्मीद नहीं थी। चीनी कहता है, "जी जरूर, हमारे पास इसके लिए भी प्लान है। (चुटकी लेते हुए) वैसे, यह आपकी ओर से पहला प्रश्न था और एकदम वाजिब भी, पर इसकी उम्मीद हमें आप लोगों से बिल्कुल भी नहीं थी। भला बंदूक चलाने वाले हाथों के पास इतना दिमाग भी हो सकता है।"

यह सुनते ही सभी लोग जोर-जोर से हँसने लगते हैं। जिस पर 'आतंकवादी संगठन' गुस्सा दिखाते हुए कहता है, "आपका क्या मतलब? शायद आपको मालूम नहीं हमारे पास अच्छे आई.टी. इंजीनियर भी होते हैं, जो किसी भी मोबाइल, फोन और सिस्टम को हैक बड़ी आसानी से कर देते हैं (गर्व से दाढ़ी को सहलाते हुए बोलना)।"

चीनी मामले की गंभीरता को सँभालते हुए कहता है, "जी बिल्कुल, हमें आपके दिमाग में कोई संदेह नहीं। यह बस एक मजाक था। पॉइंट पर आते हैं, हमारे पास इसके लिए भी एक प्लान है, जिससे भारत की जनता हमारे साथ जुड़ेगी भी और हमारी सभी नाजायज बातों का समर्थन भी करेगी।"

"क्या है वो प्लान, जरा खुलकर बताओ? शायद इससे हमें भी फायदा हो और हम भी सत्ता में आ सकें।" करप्ट पॉलिटिशियन और व्यापारियों ने एक स्वर में कहा।

"हाँ जरूर, आपकी ये ख्वाइश भी पूरी होगी। जैसा कि हम पहले भी चर्चा कर चुके हैं कि आज भारत की सबसे बड़ी ताकत उसकी एकता है, पर यही भारत की सबसे बड़ी कमजोरी भी है।" चीनी ने कहा।

"हम समझे नहीं जनाब कि उसकी ताकत उसकी कमजोरी कैसे हो

सकती है? आप इतनी पहेलियाँ क्यों बुझा रहे हो, कृपया करके विस्तार से बताएँ।" पाकिस्तानी ने अपनी परेशानी व्यक्त करते हुए बहुत ही स्पष्ट शब्दों में कहा।

चीनी समझाते हुए कहता है, "क्योंकि भारत की संस्कृति में इतनी विभिन्नताएँ हैं कि कोई भी आसानी से उसमें घुस सकता है। दीवार चाहे कितनी भी मजबूत क्यों न हो, पर एक हल्की सी दरार ही काफी होती है पानी को अंदर लाने में। हमें बस इन्हीं कुछ दरारों में घुसकर उसकी एकता में फूट डालकर अंदर घुसना है।"

"जैसे?" पाकिस्तानी ने पूछा।

"जैसे, भारत आज कई जाति, धर्म और प्रांत के नाम में बँटा हुआ है और अगर हम यह कहें कि हर भारत का नागरिक अपने को भारतीय होने से पहले 'मैं हिंदू हूँ', 'मैं मुसलमान हूँ', 'मैं बिहारी हूँ', 'मैं गुजराती हूँ', 'मैं ब्राह्मण हूँ', 'मैं क्षेत्रीय हूँ' इत्यादि कहलाना पसंद करता है, तो इसमें कोई अतिशयोक्ति नहीं होगी कि अगर हम यह कहें कि वो लोग एक होते हुए भी अलग-अलग हैं और यही उनकी सबसे बड़ी कमजोरी भी है।"

इतना कहते हुए चीनी उठता है और एक बड़ी सी स्क्रीन में प्रेजेंटेशन खोलते हुए कहता है, "आपकी सहूलियत के लिए मैं इसे इस प्रेजेंटेशन के माध्यम से थोड़ा विस्तार में समझाता हूँ।"

(प्रेजेंटेशन स्क्रीन का खुलना)

आज भारत मुख्यत: तीन अलग-अलग भागों में बँटा हुआ है—**धर्म, जाति व्यवस्था, क्षेत्रवाद एवं प्रांतवाद** और जितना हमने रिसर्च किया है, इनमें से किसी भी एक भाग को छेड़कर हम भारत की एकता में बहुत परेशानी ला सकते हैं और अगर सभी को एक साथ छेड़ें तो भारत को आसानी से तहस-नहस किया जा सकता है। क्योंकि ये सब इतने संवेदनशील मुद्दे हैं कि भारत की गवर्मेंट भी इससे हमेशा बचती रहती है और सभी वर्णों को खुश करने के लिए कई तरह के आरक्षण और स्किम लाती रहती है। हमारा 'ऑपरेशन रिमोट' इन्हीं मुद्दों को कुरेदकर भारत की एकता, अखंडता और संप्रभुता को तहस-नहस करके भारत को आर्थिक और सामाजिक नुकसान पहुँचाएगा।

चीनी प्रेजेंटेशन स्क्रीन से मुड़ते हुए कहता है, "हमारी योजना को अच्छे ढंग से समझने के पूर्व आप लोगों को हर एक भाग को विस्तार में समझना होगा, ताकि हमें मालूम हो कि हमें 'ऑपरेशन रिमोट' के माध्यम से क्या करना है और कैसे करना है। अब मैं आप लोगों को हर एक भाग को थोड़ा विस्तार से बताता हूँ और हर एक भाग के अंत में 'ऑपरेशन रिमोट' और उसके एक्शन प्लान को भी हम साझा करते हुए चलेंगे। सबसे पहले हम बात करते हैं धर्म की :"

(अगली स्लाइड का खुलना)

अगली स्लाइड

□

धार्मिक व्यवस्था के आधार पर भारत की विविधता

भारत एक ऐसा देश है, जहाँ विभिन्न धर्म स्थापित हैं। सभी धर्मों की अपनी अलग-अलग विशेषताएँ और विभिन्न धार्मिक प्रथाएँ हैं। भारतवर्ष में हिंदू, मुस्लिम, सिख, ईसाई, बौद्ध, जैन, वहाई अनेक धर्मों के लोग निवास करते हैं। दुनिया के सबसे ज्यादा हिंदू, सिख और जैन भारत में रहते हैं। मुस्लिमों की अच्छी-खासी आबादी के अलावा करोड़ों ईसाई और बौद्ध भारत में शांति से रहते हैं।

भारत में धार्मिक एकता का अनुमान बस ऐसे लगाया जा सकता है कि भारत में दीपावली महोत्सव पर मुस्लिम भी हिंदू भाइयों के साथ मिलकर उनके घर पर मिठाई खाते हैं और जश्न मनाते हैं, तो ईद महोत्सव पर हिंदू भी मुस्लिम भाइयों के साथ मिलकर उनके घर पर दावत खाते हैं। होली के रंग में भी सब साथ मिलकर होली के त्योहार का आनंद उठाते हैं। उस दिन न तो कोई हिंदू होता है, न कोई मुस्लिम, न कोई सिख, न कोई ईसाई, होली के रंग में रँगकर सब केवल एक ही मनुष्य, एक ही नागरिकता, सब भारतीय ही दिखाई देते हैं। उस दिन समस्त भारतीयों का रंग एक जैसा ही होता है। वैशाखी और लोहड़ी को भी समस्त भारतीय एक साथ मिलकर मनाते हैं तो संपूर्ण देश में क्रिसमस की धूम भी एक साथ देखी जा सकती हैं। भारतवर्ष की धार्मिक व्यवस्था विश्व के किसी भी देश की धार्मिक व्यवस्था का आदर्श हो सकती है।

भारत की इस आदर्श धार्मिक एकता में सेंध केवल और केवल 'ऑपरेशन रिमोट' द्वारा ही लगाई जा सकती है, क्योंकि 'ऑपरेशन रिमोट' न केवल इनके बीच में एक-दूसरे के खिलाफ नफरत पैदा करेगा, अपितु साथ-ही-साथ यह दंगे और प्रदर्शन जैसे कार्यों को भी अंजाम देगा। 'ऑपरेशन रिमोट' के एक्शन प्लान को साझा करने से पूर्व आपको भारत के कुछ प्रमुख धर्मों को संक्षेप में जानने की आवश्यकता होगी, ताकि जब हम प्लान साझा करें तो आपके मन में कुछ संदेह न हो। भारत के मुख्य धर्म निम्न प्रकार से हैं—

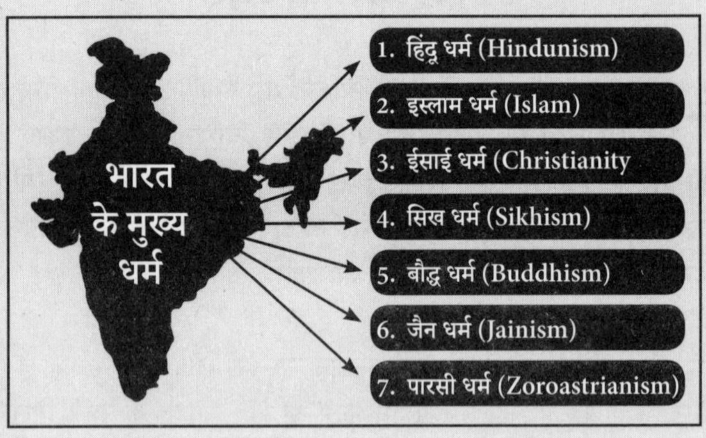

1. भारत में हिंदू धर्म

सबसे पहले बात करते हैं हिंदू धर्म के बारे में, भारत में सबसे ज्यादा अनुसरण करने वाला धर्म हिंदू धर्म है। यह विश्व का सबसे प्राचीन धर्म है। इस धर्म की उत्पत्ति को लेकर आज भी संशय की स्थिति बनी हुई है। भारत में हिंदू धर्म की लगभग 75% से ज्यादा जनसंख्या है। मतलब, अगर हम हिंदू समुदाय के लोगों को अपने साथ जोड़ने में कामयाब होते हैं तो हमने यह जंग आधी जीत ली समझो।

हिंदू धर्म का कोई एक अकेला सिद्धांत नहीं है और यही वजह है कि अधिकतर हिंदू अपने धर्म को लेकर अधिक संवेदनशील नहीं होता, जिसे आसानी से किसी भी पक्ष में किया जा सकता है। उससे पूर्व हमें हिंदू धर्म के कुछ तथ्यों की जानकारी होना अत्यावश्यक है, जो हमें अपने प्लान को समझने में काम आएगी।

हिंदू धर्म का संघर्ष

हिंदू धर्म में समय-समय में कई आक्रमण हुए, पहले मुगल काल में और फिर ब्रिटिश काल में; फिर भी हिंदू धर्म दृढ़ता से खड़ा रहा। हिंदू धर्म का इतिहास ताकतवर राजाओं से भरा पड़ा है। महाराणा प्रताप, वीर शिवाजी, पृथ्वीराज चौहान इत्यादि कई महान् राजा हुए, जिन्हें आज भी याद किया जाता है।

हिंदू धर्म से जुड़े महत्त्वपूर्ण तथ्य

- इस धर्म के लोग मूर्ति पूजा में विश्वास रखते हैं।
- हिंदू धर्म में औरतों को पूजा जाता है।
- हिंदू धर्म में संस्कृत व तमिल भाषा को अत्यधिक महत्त्व दिया जाता है। संस्कृत भाषा को सभी भाषाओं की जननी कहा जाता है और इसे वैज्ञानिक भाषा के रूप में भी जाना जाता है।
- हिंदू धर्म में केसरिया रंग को पवित्र रंग माना जाता है। किसी भी शुभ काम में इसे विशेष तौर पर शामिल किया जाता है।

चीन प्रेजेंटेशन के माध्यम से बता ही रहा था, तभी सीरियाई ने कहते हुए बीच में ही रोका, "माफी चाहता हूँ कि मैं आपको रोक रहा हूँ, पर क्या हमें इतना कुछ जानने की आवश्यकता है? क्योंकि ऐसा लग रहा है कि हम किसी सत्संग में पहुँच गए हैं और हिंदू धर्म का बखान कर रहे हैं।"

सीरियाई के यह कहते ही सम्मेलन कक्ष में मौजूद सभी लोग हँस पड़ते हैं। चीनी मुस्कराते हुए कहता है, "जी जरूर, हमें हर एक भाग को विस्तार से न सही, पर कुछ संक्षेप जानकारी को जानने की जरूरत है; जिसमें धर्म का इतिहास, संघर्ष, भाषाएँ और कुछ महत्त्वपूर्ण तथ्य बहुत आवश्यक हैं, ताकि जब मैं आपको प्लान की काररवाई के बारे में अवगत कराऊँगा तो कहीं ऐसा न हो कि सब बातें आपके सिर के ऊपर से निकलती जाएँ। इसलिए आपको मालूम होना चाहिए कि आपको क्या-क्या करना होगा। वैसे हिंदू धर्म के बारे में बताने को और भी बहुत कुछ था, पर आप लोगों की इच्छानुसार मैं आगे बढ़ता हूँ और अगली स्लाइड में आता हूँ।"

"पर जनाब, धर्म की भी कोई भाषा होती है?" सीरियाई ने संदेहपूर्वक पूछा।

"हमें अच्छे से मालूम है कि धर्म की कोई भाषा नहीं होती, पर भारत एक ऐसा राष्ट्र है, जहाँ धर्म की भाषा ही नहीं, बल्कि रंग भी होते हैं। कहा जाता है कि इसकी शुरुआत शब्दों के बँटवारे के साथ ब्रिटिश भाषाशास्त्री जॉन गिलक्रिस्ट ने की थी, क्योंकि उर्दू और हिंदी आपस में बहुत नजदीक से जुड़ी हैं। इन दोनों भाषाओं के व्याकरण और बोलने के तरीके तकरीबन एक जैसे हैं। गिलक्रिस्ट ने हिंदुस्तानी को दो मोटे वर्ग में बाँट दिया—ऐसे शब्द, जो अरबी और फारसी से आए थे, उनको उर्दू के वर्ग में रखा गया। ऐसे शब्द, जो संस्कृत और प्राकृत से आए थे, उनको हिंदी कहा गया। शायद अनजाने में गिलक्रिस्ट की कोशिश ने हिंदी और उर्दू भाषा को एक धार्मिक पहचान दे दी। हम आगे इसकी भी विस्तार से चर्चा करेंगे, पर उसके लिए हमें थोड़ा आगे बढ़ना होगा।" चीनी ने मुस्कराते हुए जवाब दिया।

चीनी अपनी बात खत्म कर प्रेजेंटेशन स्क्रीन की ओर घूमा ही था कि एक व्यक्ति की आवाज आई, "जी जनाब, आप आगे बढ़िए। पर उससे पहले

एक छोटा सा चाय का ब्रेक हो जाए, ताकि थोड़ी रिफ्रेशमेंट मिल जाए।" एक बांग्लादेशी यह बोलते ही बहुत ही आशा भरी नजरों से चीनी की ओर देखता है। उसका शरीर काफी वजनदार और गोलमटोल था।

"अरे जनाब, आप भी आए हुए हो?" चीनी ने व्यंग्यात्मक स्वर में कहा।

बांग्लादेशी एक नजर चारों ओर घुमाकर, अपनी भौंहें सिकोड़ते हुए कहता है, "सर, मैं तो शुरू से ही यहीं हूँ।"

"पर हमें तो आपकी आवाज अभी सुनाई दी। हमें लगा, आप गूँगे होंगे।" सीरियाई भी बीच में चुटकी लेते हुए कहता है, जिससे सभी लोग हँस पड़ते हैं।

सबको हँसता देख बांग्लादेशी झुँझलाकर बोलता है, "नहीं जनाब, हम अच्छे से बोल सकते हैं। "

"तो मियाँ, खाने के अलावा आपका मुँह कहीं ओर क्यों नहीं खुलता?" पाकिस्तानी ने भी चुटकी लेते हुए कहा, जिससे दुबारा सभी लोग हँस पड़ते हैं।

"अब आप सब लोग मेरी टाँग क्यों खींच रहे हो, अगर हमसे कुछ परेशानी है तो हम चले जाते हैं यहाँ से।" बांग्लादेशी ने नाराजगी दिखाते हुए कहा।

चीनी को जब लगा कि बांग्लादेशी इस टाँग खिंचाई से काफी परेशान हो गया तो वो समझाते हुए कहता है, " आप तो नाराज हो गए। (सबकी ओर देखते हुए) अब कोई टाँग नहीं खींचेगा इनकी। मियाँ, हम बस आपको यह बताने का प्रयास कर रहे थे कि अगर मीटिंग में हो तो कुछ सवाल-जवाब करते रहो, ताकि आपकी कोई दुविधा बाकी न रह जाए। और खाने का क्या है, अभी तो हमने बताना शुरू ही किया है। कम-से-कम एक भाग तो समाप्त हो जाने दो, फिर हम लाते हैं कुछ चाय-पानी आपके लिए।"

"कुछ दुविधा हो तो कहूँ, पर यहाँ तो कुछ भी समझ नहीं आ रहा कि क्या हो रहा है?" बांग्लादेशी ने बहुत धीमे स्वर में बुदबुदाते हुए कहा।

"कुछ कहा आपने?" चीनी ने पूछा।

"नहीं जनाब, मैंने कहा, मीटिंग में बहुत मजा आ रहा है, आप आगे का कंटिन्यू करें।" बांग्लादेशी ने कहा।

चीनी फिर प्रेजेंटेशन स्क्रीन की ओर मुड़ते हुए कहता है, "तो अब हम बात करते हैं इस्लाम धर्म की, जिसे मुस्लिम धर्म भी कहा जाता है।"

2. भारत में इस्लाम धर्म

हिंदू धर्म के बाद भारत का दूसरा सबसे बड़ा धर्म इस्लाम है। भारत में इस धर्म का उदय अरब व्यापारियों के आगमन के साथ 7वीं शताब्दी में हुआ। भारत की जनसंख्या के लगभग 15% लोग इस्लाम का अनुसरण करते हैं। अगर हम 'ऑपरेशन रिमोट' के माध्यम से इस धर्म के लोगों से जुड़ते हैं तो भारत की बर्बादी को कोई नहीं रोक सकता।

इतिहास गवाह है कि समय-समय पर हिंदू-मुस्लिम एकता पर वार करके कई लोगों ने भारत को बहुत नुकसान पहुँचाया है। बांग्लादेश और पाकिस्तान उसी बर्बादी का उदाहरण हैं, जिन्हें धर्म के नाम पर तोड़कर बनाया गया था। उसके बावजूद आज पाकिस्तान और बांग्लादेश से ज्यादा मुसलमान भारत में हैं, जो यह दरशाने के लिए काफी हैं कि भारत में कैसे हर धर्म और समाज को सम्मान मिलता है। आज के डिजिटल युग में हम 'ऑपरेशन रिमोट' के माध्यम से इससे जुड़ी कुछ जानकारियों को ध्यान में रखते हुए हिंदू-मुस्लिम एकता पर प्रहार करेंगे और भारत की बर्बादी का आनंद उठाएँगे।

इस्लाम धर्म का संघर्ष

इस्लाम धर्म को समय-समय पर काफी विरोध झेलना पड़ा और एक समय ऐसा भी आया, जब पूरी दुनिया इस्लाम के विरोध में एक साथ खड़ी दिखाई दी, फिर भी दुनिया में इस्लाम धर्म की जनसंख्या ईसाई के बाद दूसरे स्थान पर है। भारत में मुगल राजवंश ने कई सौ वर्षों तक राज किया और बाबर, हुमायूँ, अकबर, शाहजहाँ, औरंगजेब जैसे कई शक्तिशाली शासक आते-जाते रहे।

इस्लाम धर्म से जुड़े महत्त्वपूर्ण तथ्य

- इस्लाम धर्म में 786 संख्या को शुभ माना जाता है।
- इस्लाम धर्म अपने धर्म का निरंतर विस्तार करने में विश्वास रखता है।
- इस्लाम धर्म पुरुष प्रधान होता है, इसमें औरतों को पुरुष के मुकाबले कम अधिकार प्राप्त हैं।
- भारत में इस्लाम धर्म को मानने वाले उर्दू को महत्त्व देते हैं। यह बात और है कि इस्लाम धर्म के सभी विचार, पुस्तकें और पवित्र ग्रंथ 'कुरान' सभी अरबी भाषा में ही लिखे गए हैं।
- इस्लाम धर्म में हरे रंग को पवित्र माना जाता है। इस्लाम धर्म में हर खास जगहों पर हरे रंग का इस्तेमाल किया जाता है।

3. भारत में ईसाई धर्म

हिंदू और इस्लाम धर्म के बाद भारत का तीसरा सबसे बड़ा धर्म ईसाई है। भारत में ईसाई धर्म का इतिहास लगभग 2000 वर्ष पुराना है। वर्ष 2011 की जनगणना के अनुसार भारत की कुल जनसंख्या के 2.3 प्रतिशत लोग ईसाई धर्म से हैं। ईसाई धर्म हमारा तीसरा बड़ा हथियार होगा, जिससे हम 'ऑपरेशन रिमोट' के माध्यम से भारत की धार्मिक एकता पर प्रहार करेंगे। उससे पूर्व हमें ईसाई धर्म की कुछ चीजें जानने की जरूरत है, जो हमें अपने प्लान को समझने में काम आएँगी।

भारत में ईसाई धर्म का संघर्ष

कहा जाता है कि जब ईसाई मिशनरियों ने चेन्नई में धर्म का प्रचार किया और यहाँ के लोगों को ईसाई धर्म की जानकारी देने लगे, तब चेन्नई के लोगों ने नए धर्म को स्वीकार नहीं किया। यह भी कहा जाता है कि इसके बाद यहाँ के लोगों द्वारा ईसाई मिशनरियों को संघर्ष व अत्याचार सहना पड़ा था। आज भी भारत में बहुत से ऐसे क्षेत्र हैं, जहाँ ईसाई मिशनरियों को संघर्ष करना पड़ता है।

ईसाई धर्म से जुड़े महत्त्वपूर्ण तथ्य

- ईसाई धर्म का सबसे पवित्र चिह्न क्रॉस है।
- ईसाई धर्म भी अपने धर्म का निरंतर विस्तार करने में विश्वास रखता है।
- भारत में ईसाई धर्म के अनुयायी अंग्रेजी भाषा को अधिक महत्त्व देते हैं। परंतु ईसाई धर्म के ग्रंथ ग्रीक भाषा में लिखे गए थे और सुसमाचारों की पुस्तकें हिब्रू में थीं।
- ईसाई धर्म में सफेद रंग का खास महत्त्व है। इस रंग का हर धार्मिक कार्यक्रमों के अलावा शादी आदि में इस्तेमाल किया जाता है।

4. भारत में सिख धर्म

जनसंख्या के आधार पर भारत का चौथा सबसे बड़ा धर्म सिख धर्म है। एक मान्यता के अनुसार सिख धर्म हिंदू धर्म का ही एक भाग है। सिख गुरुओं ने मुगलों से हिंदू धर्म की रक्षा के लिए सिख धर्म ग्रहण किया और उसकी रक्षा कर हिंदुत्व को अमरता प्रदान की। वर्ष 2011 की जनगणना के अनुसार भारत में 2 प्रतिशत लोग सिख धर्म से हैं। सिख धर्म हमारा चौथा बड़ा हथियार होगा, जिससे हम 'ऑपरेशन रिमोट' के माध्यम से भारत की धार्मिक एकता को खत्म कर, हिंदू व मुस्लिम धर्म के विरोध में खड़ा कर सकते हैं।

सिख धर्म का संघर्ष

मुगल काल में सिखों को बहुत अत्याचार सहना पड़ा था। सिखों के दसवें गुरु गोविंद सिंह ने धर्म की रक्षा व अत्याचार के विरोध में अपने पुत्रों का बलिदान दिया था। पुत्रों का बलिदान देने के बाद भी गुरु गोविंद सिंह धर्म व देश की रक्षा की लड़ाई लड़ते रहे और उन्होंने अपना जीवन मुगल शासकों के जुल्म व ज्यादती के खिलाफ संघर्ष करते हुए गुजारा।

सिख धर्म से जुड़े महत्त्वपूर्ण तथ्य

- जब इस्लाम का प्रभाव पड़ा तो सिख धर्म ने इस्लाम का बहिष्कार कर एक लंबा संघर्ष किया।

- सिख धर्म में प्रत्येक व्यक्ति को—केश, कंघा, कृपाण, कच्छा और कड़ा रखना अनिवार्य है।
- पंजाबी सिख धर्म के अनुयायियों की प्रमुख भाषा है। इस भाषा में पाली और प्राकृत भाषा का भी प्रभाव देखने को मिलता है।
- सिख धर्म में भी केसरिया रंग को पवित्र रंग माना जाता है। सिख धर्म में ध्वज भी केसरिया रंग में होता है।

5. भारत में बौद्ध धर्म

बौद्ध धर्म भारत के महत्त्वपूर्ण धर्मों में से एक धर्म है। वर्ष 2011 की जनगणना के अनुसार भारत की आबादी का 1 प्रतिशत हिस्सा बौद्ध धर्म का है। इस समुदाय के लोगों को 'ऑपरेशन रिमोट' से जोड़ने के लिए हमें बौद्ध धर्म के कुछ तथ्यों को समझना आवश्यक है।

बौद्ध धर्म का संघर्ष

महान् मौर्य राजा अशोक के आगमन तक 200 वर्षों तक बौद्ध धर्म अपने हिंदू प्रतिस्पर्धियों द्वारा छाया हुआ था। बाद में भारत पर मुगलों के आक्रमण के समय बौद्ध धर्म के अनुयायियों को काफी सताया गया, जिसने इस धर्म का लगभग सफाया कर दिया और बौद्ध भिक्षुओं को नेपाल एवं तिब्बत में शरण और आश्रय लेने के लिए मजबूर होना पड़ा। बौद्ध धर्म अंततः अपनी ही जन्मभूमि भारत में फीका पड़ गया।

बौद्ध धर्म से जुड़े महत्त्वपूर्ण तथ्य

- बौद्ध धर्म जातियों में विश्वास नहीं करता। यह ब्राह्मण विरोधी विचारधारा पर आधारित धर्म है।
- अधिकांश बौद्ध ग्रंथ पालि भाषा में लिखे गए हैं। पालि संस्कृत से काफी निकटता से संबंधित है, लेकिन इसकी व्याकरण और संरचना सरल है।

- बौद्ध धर्म में भी केसरिया रंग को ही पवित्र रंग माना जाता है और इस रंग का हर धार्मिक कार्य में इस्तेमाल किया जाता है।

6. भारत में जैन धर्म

भारत के प्राचीनतम धर्मों में से एक जैन धर्म है। भारत में जैन धर्म का उद्‍गम 5-7वीं शताब्दी ईसा पूर्व में माना जाता है। वर्ष 2011 की जनगणना के अनुसार भारत में 1 प्रतिशत आबादी जैन धर्म का अनुसरण करती है। बौद्ध धर्म की तरह जैन धर्म भी एक शांतिपूर्ण समुदाय है, पर हम 'ऑपरेशन रिमोट' के माध्यम से इससे जुड़ी कुछ जानकारियों का इस्तेमाल कर इनकी मानसिकता को बदलकर एक हथियार की तरह इस्तेमाल कर सकते हैं।

जैन धर्म का संघर्ष

माना जाता है कि जब मुगल शासकों ने भारत पर आक्रमण किया और विजय हासिल की, तब जैन मंदिरों की नींव पर ही मसजिदों और मकबरों का निर्माण किया गया था। अधिकांश जैनी तलवार के घाट उतार दिए गए थे तथा जैन पुस्तकालय नष्ट कर दिए गए थे। बाद में, महावीरजी की मृत्यु के बाद जैन धर्म दो संप्रदायों में बँट गया था—दिगंबर एवं श्वेतांबर। इन वर्गों में मतभेद के चलते इस धर्म के बचे-खुचे अवशेष भी नष्ट होते चले गए।

जैन धर्म से जुड़े महत्त्वपूर्ण तथ्य

- सम्मेद शिखरजी को जैन धर्म का सबसे बड़ा तीर्थ स्थल माना जाता है।
- भारत में जैन धर्म को अल्पसंख्यक का दर्जा प्राप्त है।
- जैन धर्म में अधिकांश धार्मिक साहित्य को संस्कृत, प्राकृत और अपभ्रंश भाषाओं में लिखा गया है। इसके अलावा भगवान् महावीर की अधिकतम कृतियाँ अर्धमगधी में हैं।
- जैन धर्म में भी केसरिया रंग को ही पवित्र रंग माना जाता है।

7. भारत में पारसी धर्म

भारत में पारसी धर्म के लोगों की संख्या बहुत ही कम है। पूरे विश्व में सिर्फ एक से डेढ़ लाख लोग ही पारसी धर्म का पालन करते हैं, जिनमें से 70 प्रतिशत से ज्यादा भारत में हैं। जनसंख्या की दृष्टि से यह धर्म छोटा होते हुए भी हम इसका इस्तेमाल भी भारत की धार्मिक एकता के खिलाफ कर सकते हैं।

पारसी धर्म का इतिहास एवं संघर्ष

इस्लाम धर्म पारसी धर्म द्वारा ही संपन्न माना जाता है। ये दोनों एक जैसे ही हैं। इस्लाम से पहले ईरान पारसी धर्म का केंद्र था। 1380 ईसवी पूर्व जब ईरान में धर्म-परिवर्तन की लहर चली तो कई पारसियों ने अपना धर्म परिवर्तित कर लिया, लेकिन जिन्हें यह मंजूर नहीं था, वे देश छोड़कर भारत आ गए। भारत के संरक्षण में उन्होंने अपने धर्म के संस्कारों को आज तक सहेजकर रखा है।

पारसी धर्म से जुड़े महत्त्वपूर्ण तथ्य

- पारसी धर्म में मूर्तिपूजा को व्यर्थ बताया गया है।
- पारसी धर्म का प्रसिद्ध ग्रंथ जेंद भाषा में लिखित है। इसमें लिखी हुई भाषा संस्कृत से मिलती-जुलती है।

चीनी प्रेजेंटेशन स्क्रीन को रोककर घूमते हुए कहता है, "तो ये थे भारत देश के 7 महत्त्वपूर्ण धर्म और इन्हीं को आधार बनाकर हम लोग 'ऑपरेशन रिमोट' के माध्यम से भारत के 7 टुकड़े करेंगे, ताकि देश आपसी मुद्दों और लड़ाई में इतना उलझ जाए कि वो इससे उभर ही न सके।

"क्या यह संभव है कि भारत के लोग सोशल मीडिया के माध्यम से ही एक-दूसरे के दुश्मन बन जाएँगे? क्योंकि मुझे यह तर्कसंगत नहीं लगता कि हम सोशल मीडिया जैसे प्लेटफॉर्म से किसी भी देश के एक बड़े समाज को भटका सकते हैं। हमें आपकी रिसर्च पर कोई शक नहीं, लेकिन एक दुविधा है कि कहीं हम लोग 'ऑपरेशन रिमोट' में समय बरबाद करके कुछ गलती तो नहीं कर रहे?" पाकिस्तानी ने हाथ उठाते हुए कहा। वैसे तो पाकिस्तानी इस योजना के पक्ष में शुरू से ही नहीं था, क्योंकि उसे तो लग रहा था कि भारत को तबाह करने के लिए जगह-जगह आतंकवादी हमले करवाना ज्यादा अच्छा विकल्प होगा और इसी बहाने वो बाकी देशों से फंडिंग भी ले लेगा। पर उसे क्या मालूम था कि यहाँ का नजारा ही अलग होगा, इसलिए वह हर संभव कोशिश कर रहा था कि कैसे इस योजना को बंद करवाया जाए।

"अगर आपको हमारी रिसर्च में कोई शक नहीं तो इन सब सवालों का क्या मतलब? चलो मान लो, हम 'ऑपरेशन रिमोट' बंद कर देते हैं। तो आपके पास कोई प्लान हो तो साझा कीजिए? आप कैसे भारत के बढ़ते कद को रोकोगे? अगर आपके पास कोई प्लान नहीं तो फिर क्या हम इस प्लान को एक मौका दे सकते हैं?", चीनी ने गुस्से में तिलमिलाते हुए कहा, क्योंकि वह योजना को लेकर पाकिस्तानी के बार-बार इस प्रकार के कमेंट्स से तंग आ चूका था।

"मियाँ, आप तो बुरा मान गए। हमें आपके प्लान पर कोई शक नहीं, बल्कि हम अपनी पूरी ताकत से 'ऑपरेशन रिमोट' को कामयाब बनाने के लिए जो संभव हो वो करेंगे। पर हमारी एक छोटी सी दुविधा थी कि कैसे भारत की जनता सोशल मीडिया के माध्यम से एक धर्म के आधार पर ही एक-दूसरे की दुश्मन बन जाएगी?" पाकिस्तानी ने मामले की गंभीरता को समझते हुए कहा, क्योंकि उसे अब समझ आ चुका था कि चीनी किसी भी हालात में इस योजना को बंद करने के पक्ष में नहीं दिख रहा, इसलिए उसकी भलाई इसी में होगी कि वो भी अब इस योजना के पक्ष में हो जाए।

चीनी कड़े और स्पष्ट शब्दों में कहता है, "आपके मुँह से ऐसी बातें कुछ हजम नहीं होतीं, जनाब! शायद आप अपने ही देश का इतिहास भूल गए। पाकिस्तान भारत से धर्म के आधार पर ही अलग हुआ था और फिर बांग्लादेश भी। ब्रिटिश काल में ही हिंदू और मुस्लिम समाज के बीच में एक गहरी खाई खोद दी गई थी। जो समय के साथ-साथ थोड़ी कम होती गई, जिसका श्रेय कहीं-न-कहीं भारत की सरकार को जाता है, जिनके कुछ प्रयासों ने इन दोनों समाज में समन्वय बैठाकर रखा। हमें बस उसी चिनगारी को थोड़ी हवा देनी है और साथ ही बाकी धर्मों के समाज को भी उकसाना है।"

"इंशाअल्लाह, हम अपने मकसद में सफल होंगे। पर हमारा सवाल अभी भी वहीं-का-वहीं है हुजूर कि हम सोशल मीडिया के माध्यम से भारत के लोगों से जुड़ेंगे कैसे और कैसे यह 'ऑपरेशन रिमोट' काम करेगा?" आतंकवादी संगठन ने प्रश्नचिह्न लगाते हुए पूछा।

"मैं अगली स्लाइड के माध्यम से आप लोगों को यह बताने का प्रयास करूँगा कि 'ऑपरेशन रिमोट' धर्म को आधार बनाकर कैसे अपना काम करेगा और कैसे हम भारत के लोगों से जुड़ेंगे।" चीनी ने जवाब दिया।

चीनी सम्मेलन कक्ष में कुर्सियों के पीछे से घूमते हुए अपनी बात को आगे बढ़ाते हुए कहता है, "सोशल मीडिया पर भारत की जनता से जुड़ने के लिए हमें सबसे पहले एक ऐसा मजबूत आई.टी. सेल (IT Cell) बनाना होगा, जो सोशल मीडिया पर धर्म से रिलेटेड पेज-ग्रुप व यूजर्स बनाता रहे, पोस्ट अपडेट करता रहे, कमेंट और मैसेजेस का रिप्लाई दे। जिसके लिए हमें बहुत बड़े सेटअप की जरूरत भी नहीं है। हम लोग कहीं भी काफी कम लागत में अपना सेटअप तैयार कर सकते हैं।

"शायद इससे आगे की पिक्चर थोड़ी-थोड़ी साफ हो रही है हमारे लिए। अगर हम सही हैं तो इसके आगे हमें हर एक धर्म के समुदाय से जुड़े लोगों को दूसरे धर्म के लोगों के लिए भड़काना होगा?" करप्ट बिजनेसमैन ने ज्यादा चतुराई दिखाते हुए कहा।

"नहीं, ऐसा बिल्कुल नहीं करना है।" चीनी ने आँखें बड़ी कर उँगली दिखाते हुए कहा।

"अगर हमें भड़काना नहीं तो हम कैसे भारत की जनता में आपस में फूट पैदा करेंगे?" करप्ट बिजनेसमैन ने भौंहें सिकोड़ते हुए कहा।

चीनी एक बड़ी सी मुसकराहट के साथ समझाते हुए कहता है, "बेशक, हमारा उद्देश्य भारत की जनता में आपस में फूट पैदा करना है। पर वो तब होगा, जब हमारे साथ काफी संख्या में भारत की जनता जुड़ जाएगी। यह कुछ-कुछ वैसा ही है, जैसा कि कोई भी कंपनी कितना भी अच्छा प्रोडक्ट क्यों न बना ले, वो तब तक नहीं बिकेगा, जब तक जनता उसे नहीं जानेगी या उसके साथ नहीं जुड़ेगी। आप जो कह रहे हो, उस कथन में सच्चाई है, पर हमें किसी भी कार्य में अति शीघ्रता नहीं दिखानी है। इससे हमारा प्लान खराब हो सकता है।"

"तो फिर क्या हमें सोशल मीडिया पेज व ग्रुप की एडवरटाइजमेंट करनी होगी? अगर हम ऐसा करते भी हैं तो भला भारत की सरकार उसे टेलीकास्ट करने में क्यों मंजूरी देगी?" करप्ट बिजनेसमैन ने कहा।

बिजनेसमैन की बात सुनते ही चीनी हँस पड़ता है और अपनी कुर्सी पर बैठकर दोनों हाथों को टेबल पर रखते हुए कहता है, "हुजूर, जरूरी नहीं कि हर एक विज्ञापन टेलीविजन के माध्यम से ही प्रसारित हो, हम सोशल मीडिया के माध्यम से भी Ad-Campaign चला सकते है। फेसबुक और गूगल ADs के कई टूल्स ऐसे हैं, जिनके माध्यम से हम अपने पेज की या ग्रुप की एडवरटाइजमेंट करवा सकते हैं और इसके लिए कुछ अधिक खर्चा भी नहीं करना पड़ता। इसके लिए हमें बहुत ही अनुशासित तरीके से अपने फेसबुक पेज या ग्रुप को चलाना होगा।"

यह कहते हुए चीनी उठता है और प्रेजेंटेशन स्क्रीन की ओर जाते हुए कहता है, "आइए, आपको इस प्रेजेंटेशन के माध्यम से 'ऑपरेशन रिमोट' की ताकत से रूबरू करवाएँ।"

(प्रेजेंटेशन स्क्रीन का खुलना)

भारत की धार्मिक व्यवस्था में 'ऑपरेशन रिमोट' का प्रहार

इस प्रेजेंटेशन स्लाइड के द्वारा हम जानेंगे कि कैसे हम सोशल मीडिया का इस्तेमाल कर 'ऑपरेशन रिमोट' के माध्यम से भारत की धार्मिक एकता को खत्म कर देश को दंगे और प्रदर्शन की आग में जला देंगे।

हमें इस कार्य को इसके अंजाम तक पहुँचाने के लिए 'ऑपरेशन रिमोट' को एक योजनानुसार चलाना होगा, ताकि हम देश की जनता को अपने साथ जोड़कर भारत के खिलाफ अपने युद्ध को आरंभ कर सकें। हमें इस सोशल मीडिया युद्ध को निम्नलिखित चरणों में पूरा करना होगा—

1. आई.टी. सेल बनाना।
2. धर्म के आधार पर पेज, ग्रुप और यूजर्स बनाना।
3. धर्म का इतिहास।
4. धर्म की विशेषताएँ।
5. भाषा की विशेषताएँ।
6. धर्म की श्रेष्ठता एवं उसका वैज्ञानिक संबंध।
7. दूसरे धर्म विशेष समुदाय से संघर्ष एवं उसका अत्याचार।
8. दूसरे धर्म विशेष समुदाय की कुप्रथा एवं बुराई।
9. दूसरे धर्म विशेष समुदाय में कटाक्ष।
10. दूसरे धर्म विशेष समुदाय से असुरक्षा।

1 चरण आई.टी. सेल बनाना

भारत की जनता से जुड़ने के लिए हमें सबसे पहले एक मजबूत आई.टी. सेल बनाना होगा। जैसे कुछ कर्मचारी किसी कंपनी के लिए निरंतर काम करते हैं, उसके प्रोडक्शन और सेल्स की जिम्मेवारी भी लेते हैं, ठीक वैसे ही कुछ कर्मचारी हमें अपने इस आई.टी. सेल में जोड़ने होंगे। जिन्हें आप मासिक वेतन पर नियुक्त कर सकते हो, जो सोशल मीडिया पर धर्म से रिलेटेड पेज ग्रुप व यूजर्स बनाते रहें, पोस्ट अपडेट करते रहें, कमेंट और मैसेजेस का रिप्लाई देते रहें। उनके डेली टास्क निर्धारित करना हमारी जिम्मेवारी होगी कि उन्हें किस प्लान के तहत पोस्ट अपडेट करनी है।

आज कई लोग डिजिटल मार्केटिंग के नाम पर, अपने घर में ही एक छोटा सा आई.टी. सेल का सेटअप खोलकर बैठे हैं। जो कई कंपनियों के प्रोडक्ट की मार्केटिंग करते हैं और कई राजनीतिक पार्टी के सोशल मीडिया पेज को भी हैंडल करते हैं, जिनका एड्रेस गूगल से हम कलेक्ट कर उन्हें भी कुछ टास्क दे सकते हैं, क्योंकि इनका उद्देश्य केवल सोशल मीडिया के माध्यम से पैसा कमाना है और यही मानसिकता हमारे बहुत काम आने वाली है।

2 चरण धर्म के आधार में पेज, ग्रुप और यूजर्स बनाना

हमें हर धर्म के लिए अलग-अलग पेज एवं ग्रुप बनाना होगा। जैसे—

- हिंदू धर्म के लिए हिंदुत्ववादी, सनातन धर्म, शिवाय, श्रीराधे-कृष्णा इत्यादि कुछ भी नाम से आप ग्रुप बना सकते हो; जिससे हिंदू धर्म का समुदाय जुड़ना पसंद करे।
- मुस्लिम धर्म के लिए इस्लामिक राष्ट्र, मुहम्मद, अल्लाह इत्यादि कुछ भी नाम से आप ग्रुप बना सकते हो; जिससे मुस्लिम धर्म का समुदाय जुड़ना पसंद करे।
- सिख धर्म के लिए जट सिख, गुरु अमृत वाणी, गुरुनानक इत्यादि

कुछ भी नाम से आप ग्रुप बना सकते हो; जिससे सिख धर्म का समुदाय जुड़ना पसंद करे।

- ठीक वैसे ही ईसाई, बौद्ध, जैन और पारसी धर्मों के समुदाय के लिए पेज एवं ग्रुप बनाने होंगे; जिससे धर्म विशेष के लोग आसानी से जुड़ना पसंद करें।

ध्यान रहे कि पेज व ग्रुप के नाम ऐसे होने चाहिए, जो प्रत्येक धर्म की छवि व आराध्य का एहसास करवाएँ; क्योंकि हमारा पेज व ग्रुप का नाम ही हमें जनता से जोड़ने में सर्वप्रथम मदद करेगा। इसलिए इसका नाम जनता की भावनाओं और आस्थाओं के साथ जुड़ा होना बहुत महत्त्वपूर्ण है।

उसके बाद हमें कुछ फेक यूजर्स भी सोशल मीडिया पर बनाने होंगे, जो हमारे पेज व ग्रुप को सर्वप्रथम लाइक व कमेंट करें, क्योंकि याद रहे, जिस प्रकार भीड़ को देखकर भीड़ इकट्ठी होती है, ठीक उसी प्रकार सोशल मीडिया पर भी अधिक संख्या में लाइक, कमेंट और सब्सक्राइबर को देखकर भी जनता आकर्षित होती है। इसलिए हमें शुरुआती भीड़ के लिए फेक यूजर्स व Ad-Campaign का सहारा लेना होगा, ताकि हम अधिक-से-अधिक लोगों तक जुड़ सकें।

चीनी प्रेजेंटेशन के माध्यम से बता ही रहा था, तभी पाकिस्तानी हाथ ऊपर करते हुए बहुत ही जिज्ञासावश पूछता है, "तो क्या हमें अपने आई.टी. सेल में हर धर्म विशेष के लोगों को नियुक्त करना होगा? ताकि प्रत्येक कर्मचारी अपने-अपने धर्म के हिसाब से पोस्ट कर सके, क्योंकि वो अपने धर्म को औरों से ज्यादा जानता होगा।"

चीनी प्रेजेंटेशन को बीच में ही रोकते हुए जवाब देता है, "जी, बिल्कुल नहीं। हम किसी भी समुदाय के लोगों को नियुक्त कर सकते हैं, क्योंकि सोशल मीडिया में हमारी पहचान पेज या ग्रुप से होगी, न कि किसी व्यक्ति विशेष से। अब चाहे किसी हिंदुत्व ग्रुप को चलाने वाला कोई अब्दुल हो या इस्लामिक पेज को चलाने वाला कोई राम; उससे क्या फर्क पड़ता है।" चीनी के कहते ही सभा में मौजूद सभी सदस्य हँस पड़ते हैं।

"फिर हम जानकारी कहाँ से लाएँगे।" पाकिस्तानी ने कहा।

चीनी मुस्कराते हुए कहता है, "मियाँ, जानकारी का क्या है, वो आप लोग गूगल सर्च से आसानी से इकट्ठा कर सकते हो। और अगर यह भी आपको मुश्किल लगे तो मैं आप सबके पास एक डॉक्यूमेंट भेज दूँगा, जिसमें सभी धर्मों की विस्तार से जानकारी आपको मिल जाएगी। आशा करता हूँ कि अब आपकी यह दुविधा समाप्त हो गई होगी।"

चीनी सबकी ओर देखते हुए अपनी बात आगे बढ़ाते हुए कहता है, "अगर आप लोगों के मन में भी कोई सवाल हो तो आप लोग किसी भी समय मुझे रोककर पूछ सकते हो, ताकि हम सबके मन में अपने लक्ष्य के लिए कोई भी दुविधा न हो। याद रहे, हमारा उद्देश्य बस प्रेजेंटेशन स्क्रीन को देखना नहीं, अपितु अपनी योजना को समझना है और यह तभी संभव होगा, जब आपके मन में कोई दुविधा न हो।"

"अब आते हैं हम अपने तीसरे चरण में," कहते हुए चीनी प्रेजेंटेशन स्क्रीन की ओर घूमता है और तीसरे चरण के बारे में बताना शुरू करता है।

3 चरण धर्म का इतिहास

इस चरण में हम बात करेंगे धर्म के इतिहास की, हर समुदाय से जुड़े ज्यादातर लोग अपने धर्म के इतिहास के बारे में नहीं जानते। और ज्यादातर लोग चाहते हैं कि उन्हें थोड़ी बहुत जानकारी हो, पर किसी-न-किसी कारण वे लोग इससे अनजान ही रहते हैं। इसका कारण है कि आज के आधुनिक युग में रोज की भागम-भाग उन्हें इन सभी जानकारियों से वंचित रखती है। हम सब बस उनकी इन्हीं कमजोरी का फायदा उठाएँगे और सोशल मीडिया पेज एवं ग्रुप के माध्यम से उन्हें यह सब जानकारी उपलब्ध करवाएँगे।

क्योंकि आज सोशल मीडिया के युग में कोई भी इंसान कितना भी व्यस्त क्यों न हो, पर वो अपने लिए सोशल मीडिया से जुड़ने का समय निकाल ही लेता है। जिसका कारण है कि सोशल मीडिया एक ऐसा

संसाधन है, जिससे वो आसानी से कहीं भी खड़ा होकर जुड़ सकता है, फिर वो चाहे बस की लाइन में हो या मेट्रो में या फिर खाने की टेबल पर, लोगों के पास जब भी थोड़ा सा समय होता है, वो अपने मोबाइल के माध्यम से इससे जुड़ जाते हैं और यही सब कारण ही हम लोगों के प्लान को सफल बनाने में सहायता देगा। और जब हम किसी धर्म के इतिहास को बताएँगे तो उस समुदाय के लोग जिज्ञासावश हमसे जुड़ते चले जाएँगे।

"पर हमें उन्हें उनके धर्म से जोड़ना क्यों है, मेरे हिसाब से अगर वो जानकारी नहीं रखते तो वो अपने धर्म से वैसे ही अलग हैं और अगर हैं तो वो लोग वैसे भी हमारे किसी काम के नहीं।" सीरियाई ने सवाल पूछते हुए बीच में ही पूछा।

चीनी ने अपनी प्रेजेंटेशन को बीच में ही रोका और पहले तो उसने सीरियाई को दोनों आँखें छोटी करके देखा, क्योंकि वो इतनी जल्दी नए सवाल की आशा नहीं कर रहा था। उसने पानी का गिलास उठाया और एक घूँट लेकर कहा, "हमें जोड़ने की जरूरत इसलिए है, ताकि हम भारत की राष्ट्रीय एकता तोड़ सकें, क्योंकि कहीं से तोड़ने के लिए किसी दूसरी जगह जोड़ना जरूरी होता है। और रही बात अपने धर्म की जानकारी न होने की तो इसका मतलब यह नहीं है कि वो अपने धर्म से जुड़े नहीं हैं, बस वो लोग अपने धर्म से जुड़ी मोटी-मोटी बातें ही जानते हैं, विस्तारित जानकारी नहीं। हम उन्हें यह सब जानकारी अपने पेज के माध्यम से देंगे, क्योंकि इंसान का दिमाग हमेशा 'क्या', 'क्यों', 'कैसे' की खोज करता रहता है और जहाँ उसे वो जानकारी मिले, वहाँ वो चाहे या न चाहे, रुकता जरूर है। इन्हीं प्रश्नों के उत्तर की खोज में वो हमारे पेज व ग्रुप पर आकर रुकेंगे और हमसे जुड़ते चले जाएँगे।"

चीनी यह कहते हुए दुबारा प्रेजेंटेशन स्क्रीन की ओर घूमता है और आगे की जानकारी साझा करने लगता है।

पर याद रहे, हमें हर चरणों के महत्त्व को समझना होगा। इस चरण में हमें अपनी पोस्ट पर किसी दूसरे धर्म का महिमामंडन या बुराई नहीं करनी, बल्कि सबको बस उनके धर्म का इतिहास ही बताना है। जैसे अगर हम हिंदू या मुस्लिम धर्म की बात करते हैं तो उनसे धर्म के इतिहास, उदय, संस्थापक व ग्रंथ से संबंधित पोस्ट या चर्चा करनी है। और यही बात दूसरे धर्मों (जैसे—सिख, ईसाई, बौद्ध, जैन, पारसी इत्यादि) के लोगों के लिए भी लागू होती है।

हम उन्हें इस चरण में बता सकते हैं कि उनके धर्म का इतिहास कितना पुराना है, उनके धर्म का उदय कब हुआ और क्यों हुआ, उनके कौन-कौन से महत्त्वपूर्ण ग्रंथ हैं और उन्हें किसने लिखा और कब लिखा इत्यादि। हम उनसे उनके धर्म से जुड़े महान् लोगों के बारे में भी चर्चा कर सकते हैं और धर्म में प्रचलित पौराणिक कथाओं का भी वर्णन कर सकते हैं। इससे लोगों में अपने-अपने धर्म की ओर आकर्षण बढ़ेगा, क्योंकि पौराणिक कहानियाँ मनोरंजक और आकर्षत होती हैं।

4 चरण धर्म की विशेषताएँ

इस चरण में हम धर्म की कुछ विशेषताओं का वर्णन करेंगे। हर धर्म की अपनी कुछ विशेषताएँ होती हैं। कुछ धर्म अहिंसा के सिद्धांत में होते हैं, तो कुछ आत्मा को परमात्मा मतलब भगवान् से जोड़ने में बल देते हैं, तो कुछ धर्म शक्ति व संख्या में विशवास रखते हैं, तो कुछ धर्म कर्म की श्रेष्ठ की बात करते हैं। हमें प्रत्येक धर्म से जुड़े लोगों के हिसाब से अपनी पोस्ट साझा करनी होंगी; ताकि भारत की जनता अपने-अपने धर्म की विशेषताओं से प्रभावित होकर हमसे जुड़ती चली जाए। क्योंकि जब तक उन्हें अपने धर्म में कुछ विशेष नहीं दिखेगा, तब तक वो लोग हमारे पेज व ग्रुप में रुचि भी नहीं लेंगे। और यह विशेषता ही रुचि को जन्म देती है और यही कारण होगा कि वो लोग हमारी तरफ आकर्षित होते चले जाएँगे।

5 चरण भाषा की विशेषताएँ

इस चरण में हम धर्म से जुड़ी भाषा की विशेषता व महानता का वर्णन करेंगे, क्योंकि प्रत्येक धर्म किसी-न-किसी भाषा के साथ प्रत्यक्ष व अप्रत्यक्ष रूप से जुड़ा है, इसलिए हमें हर धर्म के हिसाब से उससे जुड़ी हुई भाषा का उल्लेख करना है। हम इसकी चर्चा पहले भी कर चुके हैं। हाँ, यह थोड़ा अजीब है, क्योंकि अधिकांश राष्ट्र मानते हैं कि धर्म की कोई भाषा नहीं होती। पर भारत एक ऐसा देश है, जिसमें प्रत्येक धर्म किसी-न-किसी भाषा को अधिक महत्त्व देता है और भाषा से उसका धार्मिक जुड़ाव भी है, जिसके माध्यम से सभी धार्मिक कार्य सिद्ध किए जाते हैं। जैसे हिंदू धर्म संस्कृत और तमिल को सर्वोपरि मानता है तो इस्लाम धर्म उर्दू को सर्वोपरि समझता है। और यही हाल बाकी सभी धर्मों का है, कोई पंजाबी को तो कोई इंग्लिश को अधिक महत्त्व देता है।

भारत का प्रत्येक धार्मिक समुदाय अपने दैनिक जीवन में किसी अन्य भाषा का प्रयोग करता है, लेकिन धार्मिक कार्यों में धर्म की भाषा का ही इस्तेमाल होता है। इसलिए यह जरूरी नहीं कि धार्मिक भाषा उनकी मातृभाषा ही हो। प्रत्येक समुदाय अपनी धार्मिक भाषा को मातृभाषा से अधिक शुद्ध, आध्यात्मिक, या अन्य गुणों से भरपूर मानता है। और जब हम समुदाय विशेष पेज व ग्रुप में विभिन्न पोस्ट के माध्यम से उनकी धार्मिक भाषा का महिमामंडन करते हैं तो वे श्रद्धावश हमारे पेज से जुड़ेंगे और अन्य को भी हमारी पोस्ट फॉरवर्ड करेंगे; जो हमें भारत के विभिन्न धार्मिक समुदायों से ज्यादा-से-ज्यादा जुड़ने में मदद करेगा।

6 चरण धर्म की श्रेष्ठता एवं उसका वैज्ञानिक संबंध

पीछे दिए गए चरण का अनुसरण करके हम अपने पेज व ग्रुप में पर्याप्त मात्रा में फॉलोवर इकट्ठा करने में सफल हो जाएँगे। इस चरण को शुरू करने से पूर्व हमें देखना होगा कि हमारे द्वारा डाली गई पोस्ट को हमसे जुड़े लोग अधिक संख्या में लाइक कर रहे हैं? कमेंट कर रहे हैं?

और फॉरवर्ड करके अपनी प्रोफाइल में पोस्ट कर रहे हैं? क्योंकि हमारा यह चरण तब तक शुरू नहीं हो सकता, जब तक हमसे जुड़े लोग हमें लाइक, कमेंट और फॉरवर्ड न करें और जब हमें यह सब मिलना अधिक संख्या में शुरू हो जाए तो हमें समझ जाना है कि हमें अब इस चरण को शुरू करना चाहिए, क्योंकि इसी चरण से हमारी योजना 'ऑपरेशन रिमोट' का असल मकसद शुरू होगा।

हमें इस चरण में पेज से संबधित धर्म की श्रेष्ठता का वर्णन करना है। हमें उन्हें यह बताना होगा कि क्यों उनका धर्म बाकी धर्मों से श्रेष्ठ है, इसके लिए हमें उनके धर्म में लिखी सभी बातों की सत्यता को परिभाषित भी करना होगा। हमें धर्म में लिखे अधिकांश कथनों को वैज्ञानिक रूप देकर लोगों को अपनी पोस्ट का समर्थन करने के लिए मजबूर करना होगा, ताकि भारत का हमसे जुड़ा प्रत्येक इंसान अपने धर्म को बाकी धर्मों से श्रेष्ठ और महान् समझे। ऐसा करने से उनके मन में स्वत: ही दूसरे धर्म के लिए छोटा व पिछड़ा हुआ तथा अपने धर्म के लिए सम्मान उत्पन्न हो जाएगा। जो हमारे लिए धर्म के आधार में विभाजन के लिए एक नींव का काम करेगा।

इस पर कोरियाई चीनी को बीच में ही रोककर संदेह दिखाते हुए कहता है, "पर यह बात तो उन लोगों पर लागू होगी, जिन्हें पुस्तकी ज्ञान कम है। भला एक पढ़ा-लिखा इंसान हमारे वैज्ञानिक रूप की परिभाषा को क्यों समर्थन देगा?"

चीनी अपनी बात पर जोर देते हुए कहता है, "हमें भारत का एक पढ़ा-लिखा इंसान भी जरूर समर्थन देगा, क्योंकि आज के आधुनिक युग में हर इंसान विज्ञान के ज्ञान को ही सर्वोपरि मानता है और अगर उसे अपने धर्म में विज्ञान दिखाई देगा तो वो भी जरूर हमारी ओर आकर्षित होगा और अपना समर्थन भी देगा। कहने का मतलब है कि जब इंसान एक समुदाय या ग्रुप में बँटता है तो एक अच्छा-खासा पढ़ा-लिखा इंसान भी भेड़ चाल का मोहरा बनकर रह जाता है, जिसे हम जो चाहे और जैसे चाहे फीड करा

सकते हैं और यहीं से उनकी कट्टरता की शुरुआत भी होती है।" यह कहते ही चीनी की आँखों में एक चमक आ जाती है। ऐसा लग रहा था कि मानो वो भारत की बर्बादी को अभी से महसूस कर पा रहा हो।

सीरियाई अपनी जिज्ञासा लिये बड़ी गंभीरता से बीच में कहता है, "पर मुझे तो यहाँ पर एक खतरे का पूर्वानुमान हो रहा है।"

"खतरा? किस खतरे का पूर्वानुमान हो रहा है जनाब आपको?" यह कहते हुए चीनी ने अपने माथे की लकीरों को और गहरा कर लिया।

"किसी धर्म विशेष की शक्ति का...", सीरियाई ने इशारों में कहा।

"मतलब, हम समझे नहीं आपका इशारा किस धर्म की ओर है। कृपया खुल के कहो, यहाँ सब अपने ही हैं।" चीनी ने कहा।

सीरियाई कहता है, "मेरा कहने का मतलब है कि क्या हम ऐसा करके किसी भी धर्म को और मजबूत बनाने में मदद नहीं करेंगे? मुझे लगता है, ऐसा करने से हम हिंदू धर्म को बढ़ावा देंगे, क्योंकि भारत में हिंदू धर्म से जुड़े लोगों की संख्या 80 करोड़ से ज्यादा है और अगर वो सब एक हो गए तो काफी शक्तिशाली हो सकते हैं, जिसके परिणामस्वरूप बाकी धर्म से जुड़े लोगों को परेशानी होगी और शायद वो भी परेशान होकर हिंदू धर्म अपना ले?"

चीनी एक राहत भरी साँस लेते हुए कहता है, "हाँ बेशक, आपका यह प्रश्न और डरना एकदम वाजिब है। हमें मालूम है कि ऐसा करने से भारत में हिंदू धर्म अधिक शक्तिशाली हो सकता है और इसका पूर्वानुमान हमें भी पहले से ही है।"

"तो फिर भी हम ऐसा क्यों कर रहे हैं?" सीरियाई ने तिलमिलाकर कहा।

"हमें ज्ञात है कि इसके क्या-क्या परिणाम हो सकते हैं, इसलिए हमने आगे आने वाले अध्याय में इन सबको खत्म करने का भी प्लान बना लिया था। इसलिए आप लोग इस बात की चिंता न करें, क्योंकि ऐसा होना हमारे लिए भी बहुत खतरनाक है, क्योंकि अगर भारत एक धर्म, एक राष्ट्र में बदलता है तो फिर उसकी शक्ति कई गुना बढ़ जाएगी। इसका अंदाजा हमें भी है कि भारत में विद्यमान अनेकता ने ही उसकी विकास की गति को थोड़ा कम किया हुआ है। अन्यथा भारत दुनिया के सभी देशों से कई गुना आगे

निकल सकता है, जो हम होने नहीं देंगे। इसलिए हम आप लोगों को आगे की जानकारी पहले ही देकर भ्रमित नहीं करना चाहते। आप बस अभी वर्तमान चरण को समझने की कोशिश करो। मैं आपको इस बात का आश्वासन देता हूँ कि आपकी दुविधा आगे चलकर स्वत: ही समाप्त हो जाएगी।"

"ठीक है, अगर आपने इतनी ही अच्छी रिसर्च की है तो कृपया आगे बढ़ें, पर याद रहे, अगर हमें अपने सवालों का उत्तर नहीं मिलेगा तो हम इस प्लान को समर्थन नहीं देंगे।" सीरियाई ने बहुत ही स्पष्ट शब्दों में अपनी बात रखते हुए कहा।

"बहुत-बहुत शुक्रिया! हम पूरी कोशिश करेंगे कि आपको आपके सभी सवालों का जवाब इस चर्चा के अंत तक मिल जाए।" चीनी यह कहते हुए प्रेजेंटेशन स्क्रीन की ओर घूमा और अगले चरण की ओर रुख किया।

7 चरण दूसरे धर्म विशेष समुदाय से संघर्ष एवं उसका अत्याचार

इस चरण में हम बात करेंगे दूसरे धर्म विशेष समुदाय से संघर्ष एवं उसके अत्याचार की, इतिहास में हर धर्म-समुदाय को कभी-न-कभी विरोध का सामना करना पड़ा है। हमें बस उन्हीं घटनाओं का सहारा लेकर अपनी पोस्ट के माध्यम से विस्तार में बताना होगा और यह प्रमाणित करना होगा कि दूसरा समाज उनके धर्म पर बार-बार आक्रमण व अत्याचार करता आया है, फिर भी हमारा धर्म दृढ़ता से खड़ा रहा। जैसे—

- **हिंदू समुदाय को उकसाने के लिए :** हिंदू धर्म पर समय-समय पर कई आक्रमण हुए, पहले मुगल काल में और फिर ब्रिटिश काल में, फिर भी हिंदू धर्म दृढ़ता से खड़ा रहा। महाराणा प्रताप, वीर शिवाजी, राजा पोरस, चंद्रगुप्त मौर्य, पृथ्वीराज चौहान इत्यादि के संघर्ष व वीरता की कहानी बताकर हम अपने कथन को प्रमाणित भी कर सकते हैं। हम कश्मीरी पंडितों के पलायन व केरल में हुए हिंदुओं के साथ अत्याचार आदि घटनाओं का भी जिक्र अपनी पोस्ट में कर सकते हैं।

- **इस्लाम समुदाय को उकसाने के लिए :** इस्लाम धर्म को हर युग में विरोध झेलना पड़ा और एक समय ऐसा भी आया, जब पूरी दुनिया इस्लाम के विरोध में एक साथ खड़ी दिखाई दी, फिर भी दुनिया में इस्लाम धर्म की जनसंख्या ईसाई के बाद दूसरे स्थान पर है। भारत में मुगल राजवंश ने कई सौ वर्षों तक राज किया। बाबर, हुमायूँ, अकबर, शाहजहाँ, औरंगजेब जैसे शासकों की कहानियाँ बताकर हम कथन को प्रमाणित कर सकते हैं।
- **सिख समुदाय को उकसाने के लिए :** मुगल काल में सिखों को बहुत अत्याचार सहना पड़ा था, जिसका सिखों ने डटकर मुकाबला किया था। सिखों के दसवें गुरु गोविंद सिंह ने धर्म की रक्षा व अत्याचार के विरोध में अपने पुत्रों का बलिदान दिया था, 1984 के सिख-विरोधी दंगे आदि घटनाओं से इतिहास भरा पड़ा है, जिसका इस्तेमाल कर हम सिख समुदाय को आसानी से दूसरे धर्म-समुदाय व सरकार के विरुद्ध आसानी से भड़का सकते हैं।

अन्य समुदाय को उकसाने के लिए : हमें इतिहास की कुछ घटनाओं का सहारा लेकर कुछ इसी तरह ईसाई, बौद्ध, जैन व पारसी धर्म समुदाय के लोगों को भी भड़काना होगा और अपनी पोस्ट प्रमाणित भी करनी होगी, ताकि भारत के लोग एक-दूसरे के धर्म से घृणा करने लगें।

हमारे इन प्रयासों का नतीजा यह होगा कि भारत का प्रत्येक धर्म-समुदाय एक-दूसरे को नफरत और घृणा की दृष्टि से देखने लगेगा। वो जितना हमसे जुड़ते जाएँगे, उतने ही एक-दूसरे से दूर होते जाएँगे। यह हमारा पहला प्रयास होगा, भारत की धार्मिक एकता तोड़कर उसको दंगे और प्रदर्शन के मार्ग में ले जाने का।

8 चरण दूसरे धर्म विशेष समुदाय की कुप्रथा एवं बुराई

अब जब हमारे पेज एवं ग्रुप से जुड़े समर्थकों ने हमारी सभी पोस्ट को लाइक, कमेंट और शेयर करना शुरू कर दिया है, तब हम अपने इस अगले चरण की ओर बढ़ेंगे और दूसरे धर्म में विद्यमान कुप्रथा व बुराई का उल्लेख करेंगे। हर धर्म में कुछ प्रथाएँ ऐसी हैं, जो किसी विकट स्थिति व कारण से शुरू हुईं और धीरे-धीरे आज तक स्थिर बनी हुई हैं। जो उस समय तो शायद वाजिब हो सकती थीं, पर आज के समय में उनका होना गलत है, जिसने अब एक बड़ी कुप्रथा का रूप ले लिया है।

हर धर्म में कुछ-न-कुछ ऐसी कुप्रथाएँ मौजूद हैं, जिनका वे खुद व प्रत्येक इंसान मन-ही-मन विरोध करता है; पर धर्म की संवेदनशीलता को समझते हुए या दूसरे समाज को इज्जत देते हुए चुप रहता है। हमें बस इन्हीं कुप्रथाओं और बुराइयों का विस्तार से उल्लेख करना है। हमें यह भी ध्यान रखना होगा कि सभी हमारी पोस्ट को खुलकर समर्थन दे सकें, इसलिए हमें अपनी पोस्ट की सत्यता को भी कुछ पंक्तियों व कोट्स के माध्यम से प्रमाणित करते रहना होगा।

भारत देश में कई महापुरुष व समाजसेवी आए हैं, जिन्हें भारत की अधिकांश जनता बड़े सम्मान से देखती है। इन्होंने समाज में विद्यमान बुराई का अपने शब्दों में उल्लेख भी किया है। जिनका उद्देश्य होता है कि वो समाज की बुराई को मिटाकर भारत में एकता स्थापित करवा सके, पर हम अपनी पोस्ट में उन्हीं महापुरुषों व समाजसेवी के कथनों को तोड़-मरोड़कर भारत की एकता के खिलाफ इस्तेमाल करेंगे, ताकि हमारे द्वारा डाली गई पोस्ट की सत्यता स्थापित हो और जनता हममें विश्वास कर पोस्ट को खुलकर समर्थन दे।

यहाँ हम अपने-अपने धर्म (संबंधित पेज व ग्रुप) में मौजूद कुप्रथा व बुराई को किसी-न-किसी तरीके से एक अच्छी नीति बनाकर अपने समर्थकों के समक्ष प्रस्तुत करेंगे, ताकि प्रत्येक इंसान जो हमसे जुड़ा है, उन्हें विश्वास हो सके कि उनके धर्म में कोई बुराई व कुप्रथा नहीं है, पर

दूसरे धर्म में बहुत सी कुप्रथाएँ मौजूद हैं। जैसे-जैसे हम अपने इस कार्य में सफल होते जाएँगे, वैसे-वैसे भारत की जनता जो हमसे जुड़ी है, वो कट्टर होती चली जाएगी और जैसे-जैसे उनके अंदर मौजूद कट्टरता का बीज बढ़ता जाएगा, वैसे-वैसे उनमें आपसी द्वेष, घृणा व लड़ाई बढ़ती जाएगी।

9 चरण दूसरे धर्म विशेष समुदाय पर कटाक्ष

जब हम अपने पिछले चरणों में सफल हो जाएँगे तो फिर हम अपने इस चरण की ओर बढ़ेंगे, जिसमें हम दूसरे धर्म विशेष समुदाय पर कटाक्ष करेंगे। यहाँ हमें अपनी पोस्ट को प्रमाणित करने की भी जरूरत नहीं, अपितु हमें एक आकर्षक मीम्स की मदद लेनी होगी; क्योंकि अब हम अपने उस पड़ाव पर होंगे, जहाँ हमें भारत की हमसे जुड़ी जनता का हमारी सभी जायज व नाजायज पोस्ट पर खुलकर समर्थन मिल रहा होगा।

"हमें मीम्स बनाने होंगे, पर ये मीम्स होता क्या है जनाब?" पाकिस्तानी ने सिर खुजाकर नाक चौड़ी करते हुए कहा। उसके चहरे के भाव से साफ लग रहा था कि उसने पहली बार यह शब्द सुना है।

चीनी पाकिस्तानी की इस प्रतिक्रिया को देखते ही जोर-जोर से हँसने लगता है और प्रेजेंटेशन को रोकते हुए कहता है, "हा हा हा! हमें मालूम है, यह शब्द आप लोगों की डिक्शनरी (शब्दकोश) में एकदम नया होगा। पर अगर आप सोशल मीडिया का इस्तेमाल करते हो और मीम्स के बारे में जानकारी नहीं रखते तो यह हास्यास्पद बात है। चलो, आपको कुछ मीम्स के उदाहरण दिखाकर समझाने का प्रयास करते हैं।" इतना कहकर चीनी ने कुछ मीम्स के उदाहरण अपनी स्क्रीन में खोल दिए।

मीम्स के उदाहरण—

Hindu Muslim Sikh Isaai sab Dekhenge JCB ki khudai ..
1
*Le Maulana of Nizamuddin
*Le Tablighi Jamaatis
2
Mere Paas Ek Scheme Hain
5 DIN MEY CORONA CASES DOUBLE
3
Activists On Eid And Christmas
Activists On HOli
WHEN MY RELATIVES VISIT MY HOME ON THE DAY OF RESULT..
"AA GAYE MERI MAUT KA
4
TAMASHA DEKHNE"
jab hindi diwas ke din apke hindi ke adhyapak apko angreji mein baat karte sune*
5
Tere iss akshamya paap ke liye dandd milega tujhe
Mera Abdul alag hai
Mera bhi
6
संसद में तीन तलाक पर ने कहा -
इस्लाम में शादी एक कॉन्ट्रैक्ट, इसे जन्मों का बंधन न बनाएं...
या ....अल्लाह.... ह ह ह...कर मदद मुझे मेरी बेगम से बचा ले.......
नालायक ! मैं तुझे छोड़ूंगी नहींहींहीं...ई ई..
7

कुछ चलचित्र दिखाते हुए चीनी आगे कहता है, "सरल शब्दों में कहूँ तो मीम्स अपनी बातों को इमेज के माध्यम से रखने का एक मजेदार तरीका होता है। ये मीम्स कई तरीके के हो सकते हैं, जैसे—प्रेरणादायक मीम्स, उत्साहदायक मीम्स और मजेदार मीम्स इत्यादि। इन्हें किसी सत्यापन की आवश्यकता भी नहीं होती, अपितु फोटोशॉप व किसी भी इमेज एडिटिंग टूल के द्वारा इसे अधिक-से-अधिक आकर्षक व मजेदार बनाया जाता है। सोशल मीडिया पर मीम्स युवाओं के द्वारा बहुत ही पसंद किए जाते हैं या यों कहें, आधुनिक युग में मीम्स अपनी बात रखने का बहुत ही आकर्षक व मजेदार तरीका है। यह कुछ-कुछ वैसा ही है, जैसे छोटे बच्चों को लॉलीपॉप देकर खुश किया जाता है, ठीक वैसे ही युवा मीम्स से खुश होते हैं और धीरे-धीरे इसी को सत्य भी समझने लगते हैं।"

चीनी के यह कहते ही चारों तरफ हँसी का माहौल गूँज उठता है। फिर चीनी दोबारा अपनी प्रेजेंटेशन स्क्रीन की ओर घूमते हुए चरण को जारी रखता है।

जब हम अपने चरण के इस पड़ाव पर होंगे, जहाँ हमारी सारी जायज और नाजायज पोस्ट को समर्थन मिल रहा होगा, तब इस मौके का हम भरपूर प्रयोग करेंगे। अब हम दूसरे धर्मों पर अपनी पोस्ट के माध्यम से प्रत्यक्ष व अप्रत्यक्ष हमले करेंगे, जिसके परिणामस्वरूप भारत की सोशल मीडिया में जुड़ी जनता की आपस में ही एक बहस शुरू हो जाएगी, जो पोस्ट के कमेंट बॉक्स से शुरू होते-होते कब आपसी जुबानी बहस में बदल जाएगी, उसका उन्हें खुद अंदाजा नहीं लग पाएगा।

हमारे इन प्रयासों का अब हमें प्रत्यक्ष फल भी दिखना आरंभ होने लगेगा। हम देखेंगे कि अब हमें रोज-रोज नई-नई पोस्ट में मेहनत करने की जरूरत नहीं होगी, क्योंकि अब हमारा यह काम सोशल मीडिया से जुड़ी भारत की लाखों-करोड़ों जनता करने लगेगी। हम देखेंगे कि अब हर एक यूजर अपने वॉल में धर्म-विरोधी पोस्ट कर रहा होगा और (हँसते हुए) पोस्ट के माध्यम से अपनी क्रिएटिविटी को दिखा रहा होगा।

यह सुनते ही सभी हँसने लगते हैं। उनके चेहरे पर योजना को लेकर जोश व संतोष को चीनी महसूस कर पा रहा था। तभी पाकिस्तानी तपाक से फिर चीनी से पूछता है, "तो क्या अब हमें पेज व ग्रुप को बंद कर देना होगा, क्योंकि अगर भारत की सोशल मीडिया से जुड़ी जनता खुद ही हमारा काम करना शुरू कर रही है तो फिर मुझे तो इस पेज/ग्रुप का कोई मतलब नहीं दिखता।"

"मियाँ! आपने तो इतने में ही सोच लिया कि हमने बाजी मार ली। मियाँ! अभी तो आधा रास्ता भी पार नहीं हुआ है, अभी मंजिल बहुत दूर है।" चीनी ने व्यंग्यात्मक तरीके से जवाब दिया।

जहाँ सभा में बैठे सभी लोग पाकिस्तानी के इन बेकार के सवालों से परेशान हो चुके थे तो वहाँ यह पाकिस्तानी था, जिसके सवाल खत्म ही नहीं हो रहे थे। पाकिस्तानी अपनी माथे की सलवटों को और गहराकर फिर पूछता है, "मतलब ? जब हमारा काम भारत की जनता कर रही है तो अब भला हमारा क्या रोल हो सकता है। क्या अब भी हमारा बहुत काम है ?"

यह सुनते ही कोरियाई ने अपना माथा पकड़ लिया और सीरियाई अपनी दाढ़ी के बालों को खींचने लगा। पर यहाँ चीनी बहुत ही शांत था, वो मुसकरा रहा था। ऐसा लग रहा था कि मानो वो भी चाहता है कि सभी की ओर से ज्यादा-से-ज्यादा सवाल आएँ, ताकि योजना को लेकर किसी के मन में कोई संदेह न रह जाए।

चीनी पाकिस्तानी के सवाल का जवाब देते हुए कहता है, "जी बिल्कुल। अब हमारा काम यहाँ से बढ़ता जाएगा, क्योंकि अब हमसे जुड़े प्रत्येक समर्थक हमारे पेज व ग्रुप में नए-नए फीड व आइडिए के लिए आएँगे। वो हमारे पास अपने प्रश्नों के उत्तर की तलाश में भी आएँगे, जिसे आपसी बहस के दौरान विपक्षी धर्म विशेष समुदाय के लोगों ने पूछ लिया था और उनके पास उस समय उस प्रश्न का कोई जवाब नहीं था।"

"हमें अब उनके इन्हीं प्रश्नों के उत्तर को नए-नए मीम्स व पोस्ट के माध्यम से उन तक पहुँचाना होगा। यहाँ ऐसा भी हो सकता है कि यूजर्स हमारे मीम्स व पोस्ट को डाउनलोड कर या कॉपी करके अपने मोबाइल में स्टोर

करना शुरू कर दें और समयानुसार किसी के सवालों का उत्तर इन्हीं मीम्स व पोस्ट के माध्यम से दें। हमें भारत के न्यूज चैनल्स पर भी कड़ी नजर रखनी होगी और किसी भी धर्म पर आधारित न्यूज को ध्यान में रखते हुए अपने पेज व ग्रुप में मीम्स व पोस्ट अपडेट करते रहना होगा। और भारत में विकसित होता हुआ आपसी द्वेष, घृणा व झगड़ों की आग में घी डालते रहना होगा।" अपनी बात को आगे बढ़ाते हुए चीनी ने कहा और फिर प्रेजेंटेशन स्क्रीन की ओर मुड़ गया।

10 चरण दूसरे धर्म विशेष समुदाय से असुरक्षा

अब आते हैं हम अपने अंतिम चरण में, जो बेहद खास है, इसमें हम अपनी पोस्ट में दूसरे धर्म विशेष समुदाय से असुरक्षा दिखाने का प्रयास करेंगे। और अगर आप लोगों ने उपरोक्त सभी चरणों का ठीक से पालन किया हो तो इस चरण के द्वारा हम देश को आर्थिक और सामाजिक दोनों तरह से हानि पहुँचा सकते हैं।

"पर हमें कैसे मालूम होगा कि अब इस चरण को शुरू किया जाए और कैसे हम भारत को आर्थिक और सामाजिक दोनों तरह से नुकसान पहुँचा सकते हैं?" सीरियाई ने पूछा।

"जब हम देखेंगे कि भारत की सोशल मीडिया से जुड़ी अधिकांश जनता में बहस पोस्ट के कमेंट बॉक्स से होते हुए सड़कों तक पहुँच गई तो यही सही समय होगा इस चरण को शुरू करने का। हमें इस चरण में कई पोस्ट के माध्यम से अपने साथ जुड़ी जनता के मन में दूसरे धर्म विशेष समुदाय से खतरे को दर्शाना होगा। हमें उन्हें यह एहसास करवाना होगा कि अगर जल्द ही कुछ न किया गया तो हमारे धर्म के ऊपर दूसरे धर्म विशेष समुदाय से बहुत बड़ा खतरा आने वाला है।" चीनी ने कहा।

"तो इसका मतलब अब हमें पीछे के चरणों को बंद करके बस इसी चरण पर अपना ध्यान केंद्रित करना होगा?" सीरियाई ने ज्यादा चुस्ती दिखाते हुए कहा।

इस पर चीनी तपाक से स्पष्ट शब्दों में कहता है, "नहीं, बिल्कुल भी

नहीं। हमें पीछे के चरणों को कभी नहीं छोड़ना है और खासकर चरण 6-9, बल्कि हमें इस चरण को भी अपने कार्य का एक भाग बना लेना होगा, जिसमें हमको निरंतर दूसरे धर्म-समुदाय से असुरक्षा दिखाकर अपने-अपने पेज से संबंधित धर्म-समुदाय को भड़काना होगा, ताकि वे लोग अपने ही देश को एक ऐसी आग में झुलसा दें, जिससे भारत को आर्थिक व सामाजिक नुकसान हो।"

"हम कैसे भारत की जनता को इस बात को मानने के लिए प्रेरित कर सकते हैं, जिससे वो अपने ही देश को नुकसान पहुँचाने के लिए तैयार हो जाए?" कोरियाई ने पूछा।

चीनी एक गहरी साँस लेते हुए कहता है, "आपका प्रश्न अच्छा है कि हम कैसे भारत की जनता के मन में धर्म विशेष समुदाय से असुरक्षा की भावनाएँ लाएँ? इसके लिए हमें इतिहास में हुए कुछ सांप्रदायिक दंगों को अपनी पोस्ट के माध्यम से याद दिलाना होगा। जैसे हम हिंदू धर्म समाज को कश्मीर व केरल में हुई कुछ सांप्रदायिक घटनाओं को याद दिलाकर भड़का सकते हैं तो मुस्लिम धर्म से जुड़े लोगों को गुजरात में हुई घटना का बोध कराकर या 1984 में हुए सिख-विरोधी दंगों को याद करवाकर सिख समाज के जख्मों को ताजा करवा सकते हैं। हम बौद्ध, जैन, पारसी समाज के लोगों को निरंतर घटती जनसंख्या से डराकर उन्हें प्रदर्शन व आरक्षण के लिए भड़का सकते हैं।

हमें इस चरण में निम्नलिखित मुद्दों पर खास तौर पर ध्यान देना होगा—

- अपने-अपने धर्म को सर्वश्रेष्ठ अथवा दूसरे धर्म की बुराई करनी होगी।
- हमें यह प्रमाणित करना होगा कि क्यों उनका धर्म देश के लिए वरदान व दूसरा धर्म-समुदाय देश की उन्नति व प्रगति के लिए एक अभिशाप है।
- हमें हिंदू धर्म-समुदाय को मुस्लिम धर्म के खिलाफ यह बताने

की कोशिश करनी होगी कि उनका धर्म हमेशा शांति और प्रगति के मार्ग पर चलता है और यही उनकी कमजोरी है, जिसका फायदा मुस्लिम समुदाय हर समय उठाता गया है। इसलिए, हमें अपनी एकता पर बल देकर मुस्लिम समुदाय का सफाया करना होगा।

- मुस्लिम समुदाय को हिंदू समुदाय के खिलाफ यह कहकर डराना होगा कि जनसंख्या की दृष्टि से वे हिंदू समुदाय से बहुत पीछे हैं, जो उनके लिए एक बहुत बड़ा खतरा हो सकता है। इसलिए, मुस्लिम समुदाय को उनकी जनसंख्या बढ़ा कर अपनी शक्ति को बढ़ाने की प्रेरणा देनी होगी। स्पष्ट शब्दों में कहें तो मुस्लिम समुदाय को दंगों के लिए अप्रत्यक्ष रूप से प्रेरणा देनी होगी।
- सिख एवं अन्य धर्म-समुदाय को एहसास करवाना होगा कि उनका धर्म देश के लिए बलिदान व त्याग करता रहता है। इसलिए उन्हें देश के दुश्मनों के लिए शस्त्र उठाने होंगे, चाहे वो दुश्मन देश का एक अभिन्न अंग क्यों न हो।
- हमें अपनी पोस्ट के माध्यम से जगह-जगह प्रदर्शन के लिए जनता को उकसाना होगा।
- हमें हर धर्म-समुदाय में आरक्षण का जहर इस कदर भरना होगा कि वो अपने देश की सरकार के विरोध में खड़े हो जाएँ।

इतना कहकर चीनी प्रेजेंटेशन स्क्रीन को बंद कर देता है और कुर्सी पर बैठकर पानी का घूँट लेते हुए कहता है, "तो यह थी धार्मिक आधार पर भारत के टुकड़े करने की योजना। हम ऐसे ही दिखाए गए सभी चरणों को एक हथियार के रूप इस्तेमाल करेंगे और फिर हम देखेंगे कि हमारे 'ऑपरेशन रिमोट' ने कैसे एक प्रगतिशील राष्ट्र को बरबाद कर दिया! और कैसे भारत की जनता अपने धर्म की सुरक्षा के नाम पर अपने ही देश को तबाह करने के लिए तैयार हो जाएगी! जहाँ वे राष्ट्र से ऊपर अपने धर्म को महत्त्व देंगे और

जाने-अनजाने में हमारे हाथ की बस कठपुतली बनकर रह जाएँगे।"

यह कहते-कहते चीनी की आवाज बहुत बुलंद हो जाती है और सभी इस योजना के समर्थन में खुशी से टेबल पर ताली बजाते हैं। सभी योजना को लेकर आश्वस्त लग रहे थे, तभी कुछ करप्ट बिजनेसमैन व पॉलिटिशियन एक सुर में कहते हैं, "वाह, क्या योजना है! पर माफी चाहते हैं कि इन सबसे आप लोगों को तो वो सब हासिल हो गया, जो आप लोग चाहते हो, पर हमें क्या हासिल होगा और क्यों हम लोग आपका साथ देंगे?"

दोनों के चेहरे के भाव बता रहे थे कि वे इस योजना को लेकर ज्यादा उत्साहित नहीं थे, क्योंकि उन्हें यहाँ अपना कोई फायदा नजर नहीं आ रहा था। उन्हें इस प्रकार परेशान देख चीनी मुस्कराते हुए कहता है, "श्रीमान! हम माफी चाहते हैं, पर हमारी यह योजना आपके साथ के बगैर अधूरी है और इसमें आप सबका भी उतना ही फायदा है, जितना कि हमारा।"

"हमारा फायदा! वो कैसे?" करप्ट बिजनेसमैन व पॉलिटिशियन ने एक सुर में कहा।

"क्योंकि जब हमारी लगाई आग की लपटें प्रदर्शन का रूप लेंगी तो उसके लिए हमें कुछ नेता चाहिए होंगे, जो उस प्रदर्शन का मार्गदर्शन करें और सुनिश्चित करें कि उससे देश को अधिक-से-अधिक जान-माल की हानि हो सके। इससे एक नेता के तौर पर तुम्हारी छवि विकसित होती जाएगी और जनता के एक समुदाय के बड़े नेता होने के कारण तुम्हारी राजनीतिक जमीन व सत्ता पर पकड़ मजबूत होती जाएगी। क्योंकि जब आप एक समुदाय का नेतृत्व करोगे तो आपका चेहरा जनता का चेहरा बन जाएगा, जिसके फलस्वरूप भारत के किसी एक समुदाय की जनता आपको पसंद करने लगेगी और आपको अपना नेता मान लेगी। और इस बात से आप भी भली-भाँति परिचित होंगे कि अगर भारत की जनता किसी को सिर-आँखों पर बैठा लेती है तो उसे एक बड़ा नेता बनने से कोई नहीं रोक सकता।"

चीनी ने समझाते हुए कहा, जिसे सुन पॉलिटिशियन के चेहरे पर खुशी आ जाती है। उसके झुके कंधे अब तन चुके थे, उसे भी अब लग रहा था कि भारत की राजनीति में उसका कद अब बहुत बढ़ जाएगा। जहाँ पॉलिटिशियन

के मन में CM और PM बनने के सपने आने लगे थे तो वहाँ बिजनेसमैन अपने आप को ठगा हुआ महसूस कर रहा था। तभी बिजनेसमैन सकपकाकर कहता है—

"यह बात तो एकदम सत्य है कि इसमें हमारे पॉलिटिशियन भाइयों का तो बहुत बड़ा फायदा है, पर इसमें हमें तो अपना कोई फायदा होता नहीं दिख रहा? (पॉलिटिशियन को कहते हुए) आप लोगों के तो अब मजे-ही-मजे हैं। किसी को उनके मकसद में कामयाबी मिल रही है तो कोई बड़ा नेता बनने वाला है, पर हमारे हाथ तो खाली थे और खाली ही रह जाएँगे। हमें तो लगता है कि हम बेकार में यहाँ टाइम खराब कर रहे हैं।"

इस पर चीनी मुस्कराते हुए कहता है, "जनाब! आप क्यों परेशान हो रहे हो? इसमें आपका तो भरपूर फायदा होगा और इतने पैसे कमाओगे कि गिनने मुश्किल हो जाएँगे।"

"पैसे कमाएँगे, पर कैसे? पैसों की बारिश होने वाली है क्या?" करप्ट बिजनेसमैन ने बहुत ही रूखे स्वर में कहा, जिसे सुन सभी हँस पड़ते हैं।

"कुछ ऐसा ही समझो, क्योंकि जब सभी धर्म-समुदाय के लोग आपस में लड़ रहे होंगे तो आप ऐसे प्रोडक्ट मार्किट में लाओगे, जो किसी धर्म-समुदाय को समर्पित होंगे।" चीनी ने कहा।

"मतलब हम समझे नहीं?" बिजनेसमैन ने बहुत जिज्ञासा के साथ पूछा।

"मतलब हम अपनी-अपनी पोस्ट के माध्यम से कैंपेन चलाएँगे, जिसमें हिंदू धर्म मुस्लिम प्रोडक्ट का बहिष्कार करेगा और मुस्लिम धर्म हिंदू प्रोडक्ट का और यही हाल बाकी धर्म विशेष समुदाय का भी होगा।" चीनी ने तुरंत जवाब दिया।

"पर वे लोग एक-दूसरे समुदाय के प्रोडक्ट का बहिष्कार क्यों करेंगे?" बिजनेसमैन ने पूछा, क्योंकि अब उसे लगने लगा था कि या तो चीनी पागल हो गया है या उसे खुश करने के लिए ऐसी अनाप-शनाप बातें कर रहा है। उसका चेहरा बता रहा था कि उसे यह बात कुछ हजम ही नहीं हो रही।

चीनी समझाते हुए कहता है, "हम उन्हें अपनी पोस्ट के माध्यम से यह एहसास करवा देंगे कि अगर किसी धर्म विशेष समुदाय को चोट पहुँचानी

है तो हमें उन्हें आर्थिक नुकसान पहुँचाना होगा और आर्थिक मंदी के कारण कोई भी दूसरा धर्म-समुदाय स्वत: ही बरबाद होना शुरू हो जाएगा। साथ-ही-साथ हम सोशल मीडिया के माध्यम से ऐसी पोस्ट व वीडियो वायरल करेंगे, जिसमें एक खास धर्म-समुदाय के लोगों के द्वारा दूसरे समुदाय के लोगों को झूठा व विषैला खाना परोसा जाता है, जिससे भारत के लोग अन्य धर्म-समुदाय के प्रोडक्ट खरीदना बंद कर देंगे। और ऐसे में आप ऐसे प्रोडक्ट मार्किट में लाना, जो किसी धर्म विशेष समुदाय पर आधारित हों।"

बिजनेसमैन को चीनी के मुँह से ये बातें सुन हँसी आ जाती है, पर वो अपनी हँसी को दबाते हुए बहुत ही शालीनता से पूछता है, "पर ये धर्म विशेष प्रोडक्ट होते कौन से हैं, जो हमें मार्किट में लाने हैं?"

"भारत एक ऐसा देश है, जिसमें धर्म की अपनी भाषा है और अपने ही रंग। जैसे अगर आप केसरी रंग का इस्तेमाल किसी भी प्रोडक्ट में करो तो इसका मतलब वो प्रोडक्ट हिंदू, सिख, बौद्ध व जैन धर्म से संबंधित है और हरे रंग का इस्तेमाल करो तो इसका मतलब वो प्रोडक्ट मुस्लिम धर्म से संबंधित है और अगर सफेद रंग का करो तो ईसाई धर्म से संबंधित प्रोडक्ट हो जाएगा। और ऐसा ही हाल कुछ भाषा का भी है।" चीनी ने कहा।

चीनी की ये बातें सुन सभी जोर-जोर से हँसने और टेबल बजाने लगते हैं। अब चीनी अपनी एक आँख की भौंहें ऊपर करते हुए बिजनेसमैन से कहता है, "तो जनाब! अब तो आप समझ ही गए होंगे कि हम किस धर्म विशेष प्रोडक्ट की बात कर रहे हैं।"

अब बिजनेसमैन के चेहरे पर भी खुशी की लहर दौड़ उठती है और वो मुस्कराते हुए कहता है, "जी जनाब! हम अच्छे से समझ गए कि प्रोडक्ट चाहे कुछ भी हो, बस लेबल बदलते रहना है और अपना काम बनाते रहना है। वो क्या कहते हैं हिंदी में, 'अपना काम बनता भाड़ में जाए जनता'।"

सभी की जोर-जोर की हँसी की आवाज के साथ चीनी हँसते हुए कहता है, "हा हा हा, अब आप एकदम सही जा रहे हो और बातें भी पकड़ने लगे हो। तो जनाब, अब तो हमारा साथ नहीं छोड़ोगे?"

"क्यों शर्मिंदा कर रहे हो जनाब! वो तो बस थोड़ा परेशान हो गया था

तो मुँह से निकल गया। अब इतने वर्षों की दोस्ती कोई आसानी से छोड़ भी सकता है क्या!" बिजनेसमैन ने मुस्कराते हुए कहा।

"मजाक से हटकर। यहाँ मैं एक और चीज जोड़ना चाहता हूँ कि हमें साथ-के-साथ ऐसे campaign भी चलाने होंगे, जिससे हम साबित कर सकें कि देश की न्यूज मीडिया भ्रष्ट है और बिकी हुई है। जो हमेशा सत्ता पक्ष का ही साथ देती है।" चीनी ने योजना में एक कड़ी और जोड़ते हुए कहा, जिसे शायद वो पहले बताना भूल गया था।

"पर उससे हमें क्या फायदा? वो भ्रष्ट हो या ईमानदार, हमें तो बस सोशल मीडिया के माध्यम से अपने लक्ष्य को हासिल करना है।" बिजनेसमैन ने भौंहें सिकोड़ते हुए कहा।

इस पर चीनी चुटकी लेते हुए कहता है, "माफ करना, पर आप काफी भोले हो या यह दिखाने का प्रयास कर रहे हो?"

"हम समझे नहीं, इसमें भोलेपन वाली क्या बात है?" बिजनेसमैन ने पूछा। उसके चेहरे पर काफी देर बाद मुसकराहट आई थी, पर चीनी के इस वाक्य ने उसे फिर से गंभीर कर दिया था।

चीनी प्रश्न करते हुए कहता है, "आप जब कोई प्रोडक्ट बनाते हो तो उसका Ad-campaign भी करते हो न, बता सकते हो क्यों?"

"इसमें तो एकदम स्पष्ट है कि हम Ad-campaign इसलिए चलाते हैं, ताकि उपभोक्ता हमसे जुड़े और हमारे प्रोडक्ट को जान पाए।" बिजनेसमैन ने तपाक से जवाब दिया।

"हा हा हा, मतलब आपको यह अच्छे से मालूम है।" चीनी ने व्यंग्यात्मक तरीके से कहा।

चीनी समझाते हुए फिर आगे कहता है, "जैसे आप Ad-campaign इसलिए चलाते हैं, ताकि उपभोक्ता आपसे जुड़े या आपके प्रोडक्ट को जान पाए। ठीक उसी प्रकार, सोशल मीडिया भी हमारे लिए एक प्रोडक्ट ही है और देश की जनता यहाँ की न्यूज पर विश्वास करे, उसके लिए हमें इसी प्रकार के Ad-campaign चलाने होंगे। या अगर मैं एक बिजनेसमैन की भाषा में कहूँ तो इस प्रकार के Ad-campaign को कहते हैं **नेगेटिव मार्केटिंग**।"

"नेगेटिव मार्केटिंग? मतलब?", सीरियाई ने बीच में पूछा।

"नेगेटिव मार्केटिंग। मतलब जब हम अपने प्रोडक्ट को प्रमोट करने के लिए किसी दूसरे के उसी प्रकार के प्रोडक्ट की बदनामी करते हैं, उसे कहते हैं नेगेटिव मार्केटिंग। और जब तक देश की जनता का विश्वास भारत की इस न्यूज मीडिया पर बना रहेगा, तब तक हमारी सोशल मीडिया न्यूज बेअसर ही रहेगी। इसलिए हमें देश की मीडिया के प्रति जनता का वही विश्वास तोड़ना है, ताकि वह हमसे जुड़ सके। यहाँ मैं अपने बिजनेसमैन भाइयों से पूछना चाहूँगा कि अगर मैं गलत हूँ तो सही करना।" चीनी का स्पष्ट करते हुए कहना।

इस पर बिजनेसमैन भी बात का समर्थन करते हुए कहता है, "आप एकदम सही हो जनाब! अब मैं अच्छे से समझ गया कि हम देश की न्यूज मीडिया को इसलिए भ्रष्ट साबित करेंगे, ताकि लोग सोशल मीडिया की न्यूज पर विश्वास कर सकें। (हँसते हुए) या यह कहूँ कि हम जैसे देश के दुश्मनों पर विश्वास कर सकें।"

जिसे सुन सभी लोग हँस पड़ते हैं और हँसी के ठहाकों के बीच 'आतंकवादी संगठन' हँसते हुए कहता है, "मतलब अब बिल्ली ही दूध की रखवाली करेगी।"

सम्मेलन कक्ष में हँसी का माहौल बढ़ जाता है, जिसे चीनी शांत कराते हुए कहता है, "आप सही समझे, हम अपनी सोशल मीडिया की न्यूज को तभी भारत की जनता के बीच सत्यापित कर पाएँगे, जब उनका विश्वास हमारी ओर बढ़ेगा और अपने देश की न्यूज मीडिया से टूटेगा।"

"जनाब, पर यहाँ हमारी एक दुविधा है कि हमें अपने Ad-campaign तो सोशल मीडिया पर चलाने होंगे। तो कैसे हम टी.वी. न्यूज मीडिया को भ्रष्ट साबित करेंगे। ये तो वही बात हो गई 'अपने मुँह मियाँ मिट्ठू बनना'। मुझे ऐसा लगता है कि ऐसे साबित करते-करते तो हमारा काफी टाइम खराब हो जाएगा।" करप्ट बिजनेसमैन ने भारी आवाज में कहा।

"वैसे तो सोशल मीडिया आज अपने में काफी सशक्त है। आज बड़े-से-बड़े बिजनेसमैन सोशल मीडिया के माध्यम से ही अपने प्रोडक्ट के लिए

Ad-campaign करते हैं, पर आपकी दुविधा भी वाजिब है कि हमें अपने Ad-campaign की नेगेटिव मार्केटिंग का प्रसारण टेलीविजन के माध्यम से भी करना होगा।" चीनी ने स्पष्ट करते हुए कहा।

पर हम यह करेंगे कैसे? क्या भारत की सरकार इसका प्रसारण करने की अनुमति देगी? माफ करना, मैं आप लोगों के बीच में बोल गया, पर मैं खुद को रोक नहीं पाया।" पाकिस्तानी ने झटपट में एक के बाद एक सवाल दागते हुए कहा।

चीनी अपनी कुर्सी से उठते हुए पाकिस्तानी के पीछे जाता है और उसके कंधो पर हाथ रखते हुए कहता है, "कोई बात नहीं मियाँ, आप जब मर्जी अपनी दुविधा बयाँ कर सकते हो। यहाँ आपकी दुविधा एकदम वाजिब है, पर जैसा कि मैंने आपको बताया है कि हम यहाँ Ad-campaign के लिए नेगेटिव मार्केटिंग का सहारा लेंगे और नेगेटिव मार्केटिंग की खासियत यह होती है कि वहाँ बिना नाम लिये भी अपने लक्ष्य को साध सकते हैं।"

"हम समझे नहीं कि यह हम करेंगे कैसे?" पाकिस्तानी ने पीछे मुँह करके ऊपर देखते हुए चीनी से पूछा, जो अभी भी उसके कंधों पर हाथ रखे खड़ा था।

"हमारे इस कार्य को सार्थक करने के लिए और भारत के TV प्रसारण में हमारी आवाज बनने के लिए यहाँ हमारा साथ देंगे हमारे पॉलिटिशियन भाई।" चीनी ने सभा में मौजूद सभी राजनेताओं की ओर देखते हुए काफी बुलंद आवाज में कहा, जिसे सुनते ही सभी राजनेताओं के AC रूम की ठंड में भी पसीने निकल जाते हैं।

उनमें से एक पॉलिटिशियन थोड़ा हिचकिचाते हुए कहता है, "हहहह, हम साथ देंगे? पर वो भला कैसे? पहले ही बता दूँ, हमें कोई खतरा मोल नहीं लेना।"

सभी राजनेताओं के चेहरे पर डर को देखते ही चीनी हँसने लगता है और अपनी कुर्सी पर जाकर दोनों हाथ को टेबल पर रखकर मुस्कराते हुए कहता है—

"आप तो व्यर्थ ही चिंता करते हो। आपको कोई खतरा मोल नहीं लेना

है। बस आपको ऐसे इंटरव्यूज और जनसभाओं की व्यवस्था करनी है, जहाँ आपको यह साबित करना होगा कि देश की मीडिया आपकी बात नहीं सुनना चाहती है। देश की मीडिया केवल सत्ता पक्ष की बात ही सुनना चाहती है, सत्ता पक्ष के ही समर्थन में बोलती है, सत्ता पक्ष की चमचागीरी करती है इत्यादि।"

चीनी आगे कहता है, "आपको हर बार कोशिश करनी होगी और जनता को समझाना होगा कि इंटरव्यूवर तो सत्ता पक्ष के खिलाफ बोलते ही बौखला जाता है। आपको बार-बार इंटरव्यूवर के सामने ऐसे ही कुतर्क देते हुए सवाल करते रहना है, ताकि झुंझलाकर वो आपको शांत रहने के लिए कह दे और एक बार जब उसने ऐसा कह दिया तो हम वही क्लिप सोशल मीडिया पर वायरल कर यह साबित करेंगे कि कैसे देश की मीडिया भ्रष्ट है और केवल और केवल सत्ता पक्ष की कठपुतली बनती जा रही है। सरल शब्दों में कहें तो आपको भारत के टी.वी. प्रसारण के लिए हमारी आवाज बनना होगा।"

"अरे वाह! बस इतना सा काम, बहस और कुतर्क करने में तो हमारा कोई भी हाथ पकड़ नहीं सकता। अब देखो कैसे हम उन्हें नचाते हैं, (हँसते हुए) क्योंकि इस प्रकार की राजनीति में ही तो हमने मास्टरी की हुई है", पॉलिटिशियन के यह कहते ही सभी हँसने लगते हैं।

चीनी भी सबकी खुशी में शामिल होते हुए कहता है, "इसी प्रकार के जोश और जज्बे की आशा थी मुझे आपसे, (फिर वो अपनी प्रेजेंटेशन स्क्रीन की लाइट को भी बंद करते हुए बोलता है) यह भाग बस इतना ही। आशा करता हूँ कि आप सब 'ऑपरेशन रिमोट' के इस भाग से प्रभावित होंगे। और समझ गए होंगे कि कैसे हम 'ऑपरेशन रिमोट' के माध्यम से किसी भी इंसान को अपने इशारों पर ऐसे चला सकते हैं, जैसे किसी रिमोट से TV अथवा कोई इलेक्ट्रॉनिक वस्तु चलती है।"

सभी खुश होते हैं और योजना के समर्थन में ताली के रूप में टेबल जोर-जोर से बजाते हैं। चीनी फिर कहता है, "अब अगले भाग में हम सीखेंगे कि हमारा 'ऑपरेशन रिमोट' कैसे किसी भी धर्म की शक्ति को खत्म करता है? पर अगला भाग शुरू करने से पहले लंच ब्रेक ले लिया जाए, क्योंकि

अब शायद आप लोगों को भी भूख लग गई होगी। (फिर बांग्लादेशी की ओर देखकर चुटकी लेते हुए कहता है) हमारे बांग्लादेशी भाई तो कब से इस पल का इंतजार किए पेट दबाए बैठे हुए हैं।"

इस पर सीरियाई भी टाँग खींचते हुए कहता है, "हाँ-हाँ, हमें जल्दी चलना चाहिए, क्योंकि भूख के मारे अगर भाईसाहब गिर गए तो इन्हें तो यहाँ कोई उठा भी नहीं पाएगा।"

सभी हँसने लगते हैं, इस पर कोरियाई भी चुटकी ले लेता है, "कोई नहीं, हम भाईसाहब के लिए JCB बुला लेंगे।"

सभी की हँसी के बीच बांग्लादेशी भी मजाकिया अंदाज में कहता है, "आप लोग पहले तय कर लो कि आप लोग खाना खाओगे या मार?"

इस पर बिजनेसमैन हँसते हुए कहता है, "इससे पहले बात लड़ाई तक पहुँचे, हमें लंच ब्रेक ले ही लेना चाहिए।" सभी हँसते हुए लंच के लिए उठते हैं।

अगला दृश्य

होटल के बड़े से हॉल में तरह-तरह के खाने का अरेंजमेंट किया हुआ है। लगभग सभी तरह के डेसर्ट, फूड, ड्रिंक आदि के स्टॉल लगे हुए हैं। वहाँ बुफे सिस्टम की व्यवस्था थी तो सभी VVIP मेहमान अपने-अपने हिसाब से अपनी प्लेट में खाना लेते हैं और कुछ छोटे-छोटे ग्रुप में बँटकर अलग-अलग टेबल पर बैठते हैं और बातें करते-करते खाने का आनंद लेते हैं।

"वैसे मानना पड़ेगा अपने चाइनीज भाई को, ऐसी गजब की रिसर्च की है कि भारत की बर्बादी अब कोई नहीं रोक सकता।" कोरियाई ने एक निवाला मुँह में डालते हुए कहा।

"हम तो सही बताएँ। पहले तो हम इस मीटिंग से बहुत बोर हो गए थे। लग रहा था कि गलती से आस्था चैनल लग गया है। और हम मीटिंग से उठने ही वाले थे कि ये आस्था चैनल कब एक्शन चैनल में बदल गया, पता ही नहीं चला। एक बात तो कहनी पड़ेगी कि चाइना के प्रोडक्ट चाहे कैसे भी हों, पर यह योजना दमदार है। जहाँ हमें गारंटी भी मिल रही है भारत की बर्बादी की।

और सबसे बड़ी बात, न हमें बदूंक चलानी है, न बम फेंकना है और न ही जान जोखिम में डालनी होगी। (खुश होते हुए) अगर योजना हो तो ऐसी हो वरना ना हो।" आतंकवादी संगठन ने तारीफ में कसीदे पढ़ते हुए कहा।

करप्ट बिजनेसमैन खाना चबाते हुए कहता है, "वैसे जनाब, यह उतना भी आसान नहीं लग रहा, जितना दिखता है। पहले जोड़ो, फिर तोड़ो, फिर देश की न्यूज मीडिया को भ्रष्ट साबित करो और फिर दंगे और प्रदर्शन भी करवाओ। (जोर देते हुए) बहुत मेहनत है भाइयो!"

पॉलिटिशियन कहता है, "भाई! मेहनत तो हर जगह है। (मुस्कराते हुए) अब खाना अपने आप तो पेट में नहीं जाएगा, कुछ हाथ हमें भी हिलाना पड़ेगा।"

"अरे भाई, हाथ थोड़ा धीरे हिलाना, कहीं खाना हम लोगों के ऊपर ही न गिर जाए।" बिजनेसमैन ने मजाकिया अंदाज में कहा, जिसे सुन टेबल पर बैठे सभी साथी खाते-खाते हँसने लगते हैं।

ठहाकों की आवाज सुनकर चीनी भी ग्रुप के पास पहुँच जाता है और कहता है। "क्या अकेले-अकेले चुटकुले सुना रहे हो। हमें भी एक-दो सुना दो, हम भी हँस लेंगे।"

"अकेले कहाँ है जनाब, हम चार हैं, अब आप भी आ गए तो चार से भले पाँच हो गए।" कोरियाई ने एक मुसकराहट के साथ सिर झटकते हुए कहा।

"वो तो है जनाब, वैसे क्या बातें चल रही हैं आप लोगों के बीच?" चीनी ने कहा।

"कुछ नहीं जनाब, हमारे बिजनेसमैन भाई को इस प्लान में बहुत काम लग रहा है और थोड़ा डरा हुआ भी महसूस कर रहे हैं।" कोरियाई ने बिजनेसमैन की टाँग खींचते हुए कहा।

यह सुन चीनी पहले तो संदेहात्मक नजर से बिजनेसमैन को देखता है और फिर व्यंग्यात्मक तरीके से अपनी आँखें छोटी करते हुए कहता है। चीनी के ऐसा करने से उसकी आँखें बंद-सी प्रतीत हो रही थीं, "अरे जनाब, हमें आपसे यह आशा नहीं थी। आप इतने काम से ही डर गए तो अपना बिजनेस कैसे हैंडल करते होंगे?"

"हाँ। इन्हें वही समझा रहे थे कि अपना बिजनेस हमारे नाम कर दो, हम सब सँभाल लेंगे।" पॉलिटिशियन ने बीच में ही चुटकी लेते हुए कहा।

इस पर बिजनेसमैन सकपकाकर जवाब देता है, "जनाब, बिजनेस बाद में सँभालना, पहले अपना पेट तो सँभालिए। कब से वो कमीज का बटन तोड़कर बाहर आना चाहता है।"

जिसे सुन सभी हँसने लगते हैं और पॉलिटिशियन भी काउंटर करते हुए कहता है, "आपकी नजरें और इरादे कुछ ठीक नहीं लग रहे जनाब!"

चीनी मुस्कराते हुए कहता है, "मजाक से हटकर। क्या आप लोगों को अभी भी कोई दुविधा है?"

"नहीं जनाब, यहाँ तक तो एकदम क्लियर है कि क्या करना है। पर जनाब, जैसा कि मैंने आपसे पहले भी कहा है कि मैं जब तक आपको समर्थन नहीं दूँगा, जब तक हमें हमारे सवालों के जवाब नहीं मिल जाते; क्योंकि हम भारत को 'एक राष्ट्र : एक धर्म' में बदलने का रिस्क नहीं ले सकते। क्योंकि आज जब इतनी विविधता के बावजूद भारत हमारे लिए सिरदर्द बना हुआ है तो सोचो, तब क्या होगा, जब भारत में यह विविधता नहीं होगी। इसे तो सोचकर ही डर लगने लगता है।" सीरियाई ने स्पष्ट शब्दों में जवाब दिया।

"आप क्यों चिंता करते हो? आगे के भाग में हमने इन सब समस्याओं से भी निपटने की पूरी योजना बनाई है। आप अभी खाने का आनंद लीजिए।" चीनी ने आश्वासन देते हुए कहा।

"खाना तो जनाब, स्वादिष्ट है।" सीरियाई ने खाने का निवाला मुँह में डालकर चटकारा लेते हुए कहा।

इस पर चीनी भी मजाकिया अंदाज में चुटकी लेते हुए कहता है, "होटल को एक्स्ट्रा टिप दे देना फिर।" जिसे सुन सभी हँसने लगते हैं।

वहाँ दूसरी तरफ बांग्लादेशी अपनी प्लेट में मात्रा से अधिक भोजन भरकर अकेले टेबल पर बैठे पाकिस्तानी के पास जाते हुए अपने मुँह में आवश्यकता से ज्यादा निवाला भरके अस्पष्ट आवाज में कहता है, "मियाँ! तो क्या लगता है?"

"माफ करना, हम समझे नहीं, आप किस बारे में बात कर रहे हो?" पाकिस्तानी ने कहा।

"मियाँ यही 'ऑपरेशन रिमोट', मुझे तो कुछ समझ नहीं आया कि यह काम भी कर पाएगा या नहीं। आप कहो तो बोल दूँ अभी चीनी को कि आपका प्लान कच्चा है थोड़ा।" बांग्लादेशी ने अकड़ दिखाते हुए कहा।

बांग्लादेशी ने अभी अपनी बात खत्म ही की थी कि तभी चीनी घूमते हुए उनकी टेबल पर पहुँच जाता है और एक अच्छे मेजमान की तरह कंधे पर हाथ रखते हुए पूछता है, "मियाँ, क्या बात हो रही है धीरे-धीरे।"

बांग्लादेशी जैसे ही चीनी को अपने पास खड़ा देखता है तो उसके चेहरे का रंग मानो उड़-सा जाता है और वो थोड़ा हिचकिचाते हुए कहता है, "क्क्क्क कुछ भी तो नहीं। हम तो कह रहे थे कि आपकी योजना वाकई दमदार है। और इससे अच्छी योजना भारत को बरबाद करने के लिए बन ही नहीं सकती थी।"

बांग्लादेशी के मुँह से यह सुनते ही पाकिस्तानी के मुँह से खाने का निवाला बाहर आने ही वाला था और तभी पाकिस्तानी को खाँसी आ जाती है। ऐसा हो भी क्यों नहीं, क्योंकि अभी थोड़ी देर पहले तक जो बांग्लादेशी काफी अकड़कर कह रहा था, चीनी को देखते ही उसके सुर जो बदल गए थे।

चीनी खाँसते हुए पाकिस्तानी को सँभालते हुए कहता है, "आराम से जनाब, थोड़ा पानी पी लीजिए। (मुस्कराते हुए बांग्लादेशी से) धन्यवाद, आपने इसे हरी झंडी दी। वरना हमें तो लग रहा था कि हमारी योजना खराब है, पर अब जाकर तसल्ली हुई।"

"जनाब, अपना तो साफ है कि जो बात अच्छी लगी तो उसे मुँह में बोलो और जो बुरी लगी उसे भी मुँह में ही कहो। वो क्या कहते हैं 'साफ कहो और सुखी रहो'।" बांग्लादेशी ने तनकर अपनी छाती चौड़ी करते हुए कहा।

जिसे सुन पाकिस्तानी बेचारा उसका चेहरा देखता ही रह गया, पर कुछ न कह पाया और अपने खाने पर ध्यान केंद्रित करने लगा।

अगला दृश्य

लंच ब्रेक के बाद सभी सम्मेलन कक्ष में वापस आते हैं और फिर चीनी प्रेजेंटेशन स्क्रीन की ओर जाते हुए कहता है, "अब आते हैं हम अपने अगले भाग पर, जिसमें हम 'ऑपरेशन रिमोट' के माध्यम से भारत की जाति व्यवस्था पर प्रहार करेंगे। इससे पूर्व हमें भारत की जाति व्यवस्था के बारे में कुछ संक्षिप्त जानकारी को समझना होगा, ताकि आपको एहसास हो सके कि यह भारत को बरबाद करने के लिए हमारा कितना बड़ा हथियार बन सकता है। उसके बाद हम आपके साथ हमारा 'ऑपरेशन रिमोट' का प्लान साझा करेंगे और जानेंगे कि कैसे हम भारत को 'एक राष्ट्र : एक धर्म' में बदलने से रोकेंगे। आशा करता हूँ, इस भाग के अंत तक हम अपने सीरियाई भाई की सभी दुविधाओं को समाप्त कर सकें।" कहते हुए चीनी प्रेजेंटेशन स्क्रीन को खोलता है।

(प्रेजेंटेशन स्क्रीन का खुलना)

जाति व्यवस्था के आधार पर भारत की विविधता

भारत में हिंदू धर्म की जनसंख्या लगभग 80 करोड़ से भी ज्यादा है और हमारे पूर्व प्रयासों से इस धर्म में एकता की भावना बहुत प्रबल हो सकती है। जो हमारे लिए एक गहन चिंता का कारण बन सकता है। हिंदू धर्म की एकता उसकी जाति व्यवस्था के माध्यम से खत्म की जा सकती है। जाति के आधार पर हिंदू धर्म चार श्रेणियों में विभाजित किया गया है—ब्राह्मण, क्षत्रिय, वैश्य और शुद्र। इन सभी वर्णों के विचारों में इतने मतभेद हैं कि आसानी से हम इसका इस्तेमाल कर हिंदुओं की धार्मिक एकता को तबाह कर सकते हैं।

मौजूदा समय में भारत में कई नेता ऐसे हैं, जो जातीय व्यवस्था की आलोचना करते हैं, पर वो आलोचनाएँ केवल एक खोखले शब्द ही लगते हैं, क्योंकि वे सभी जातीय आधार पर आरक्षण व सुविधाओं की बात तो करते हैं, पर कोई भी इस जातीय व्यवस्था को खत्म करने की बात नहीं करता। ऐसा लगता है कि मानो वे सभी चाहते हैं कि देश जातीय व्यवस्था के नाम पर बँटा रहे, ताकि उनकी दुकान भी चलती रहे। सत्ता पक्ष हो या विपक्ष दोनों के माध्यम से कभी भी ऐसे बिल में चर्चा नहीं की गई, जिससे देश की जातीय व्यवस्था को खत्म किया जा सके।

भारत में मौजूदा समय में कई राजनीतिक पार्टी ऐसी हैं, जो इन जातीय व्यवस्था के एक-एक समुदाय को लेकर बैठी हुई हैं और उसके नाम पर अपनी राजनीतिक दुकान बहुत तेजी से चला रही हैं। हमें भी इसी बहती गंगा में हाथ धोना है, क्योंकि यहाँ हमारा आधा काम तो देश की विभिन्न राजनीतिक

पार्टियों ने पहले ही किया हुआ है। हमें बस उस चिंगारी में हवा देकर आग लगानी है, ताकि देश को दंगों और प्रदर्शन की राह पर ले जाया जा सके।

आरंभ में, जाति व्यवस्था के कारण विभिन्न समुदायों में छुआछूत की भावना पैदा हो जाती थी। जाति प्रथा में किसी एक श्रेणी के समुदाय को घृणा की भावना से देखा जाता था। लेकिन अब शिक्षा के प्रसार से यह सामाजिक बुराई दूर होती जा रही है। इस व्यवस्था की जड़ें अब ढीली होती जा रही हैं। वर्षों से शोषित जाति के लोगों के उत्थान के लिए सरकार उच्च स्तर पर कार्य कर रही है, जिससे भारत में जाति व्यवस्था से संबंधित सोच में आज बेहद कमी आई है। आधुनिक भारत युवा भारत की इस जातीय व्यवस्था को समाप्त करना चाहता है।

हम 'ऑपरेशन रिमोट' के माध्यम से इनके फीके पड़ चुके मतभेदों को और गहरा करेंगे। इससे हिंदू समाज में विद्रोह तथा संघर्ष की भावना उत्पन्न होने लगेगी और भारत का युवा भ्रमित होकर अपने ही देश को क्षति पहुँचाने लगेगा। यह 'ऑपरेशन रिमोट' कैसे भारत को इस जाति व्यवस्था के आधार पर टुकड़ों में विभाजित करेगा, उसको जानने से पूर्व हमें प्रत्येक जाति व्यवस्था की एक संक्षिप्त जानकारी का होना आवश्यक है, ताकि जब हम योजना आपको बताएँ तो उस समय आपके मन में कोई भी दुविधा न हो।

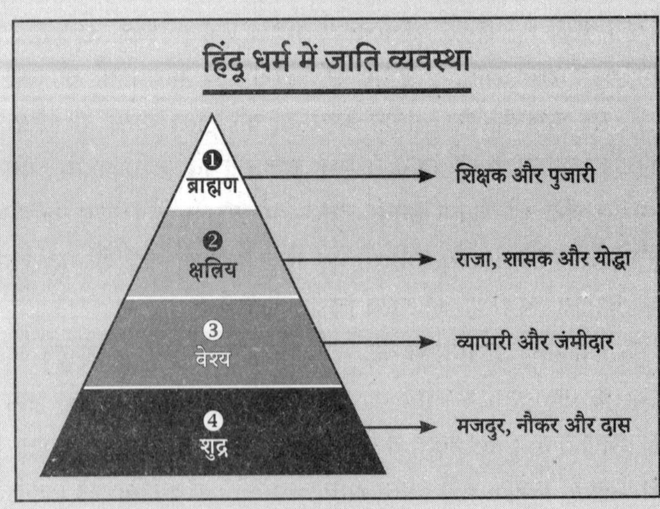

1. ब्राह्मण

ब्राह्मण हिंदू वर्ण व्यवस्था का एक उच्च जाति वर्ण है। यद्यपि भारतीय जनसंख्या में ब्राह्मणों की जनसंख्या केवल दस प्रतिशत है, लेकिन फिर भी यह समुदाय हमारी योजना का एक अहम हिस्सा है। हमें अपनी योजना के मकसद को सही दिशा में ले जाने से पूर्व इस समुदाय की कमजोरी, शक्ति व संघर्ष को समझना होगा, ताकि हम इसके माध्यम से इस समुदाय के लोगों में देश के संविधान व कानून व्यवस्था के लिए आक्रोश की भावना पैदा कर सकें।

ब्राह्मणों का संघर्ष

ब्राह्मण बुद्धिजीवी होने के बाद भी भारत में कमजोर होता जा रहा है, अपितु ब्राह्मण ने ही हिंदू धर्म की संस्कृति को बचाए रखा है, जो हर शुभ व अशुभ कार्यों को विधिवत् तरीके से पूर्ण करवाते हैं। फिर भी अन्य समाज के वर्णों द्वारा ब्राह्मणों का विरोध होता रहता है। कुछ लोग ब्राह्मणों को पाखंडी, कुछ लोग अंधविश्वासी तो कुछ ब्राह्मण को लूटने व शोषण करने वाला कहकर विरोध करते हैं।

भारत में ब्राह्मणों के सहयोग के लिए कोई आरक्षण नीति नहीं है, जिसका मूलत: कारण है सरकार का पूर्व निर्धारित होना कि ब्राह्मण पहले से ही संपन्न हैं। भारत में ब्राह्मण समाज आरक्षण के पक्ष में कभी नहीं रहते और न ही वो चाहते हैं कि उन्हें किसी प्रकार का आरक्षण मिले, पर हम 'ऑपरेशन रिमोट' के माध्यम से उनसे जुड़कर उनकी मानसिकता हो बदलने का प्रयास करेंगे और उनके संघर्ष को निशाना बनाकर उनके मन में समाज के लिए आक्रोश की भावना को पैदा करेंगे।

2. क्षत्रिय

क्षत्रिय हिंदू समाज के चार वर्णों में से एक वर्ण है। यह भी ब्राह्मण वर्ण की तरह ही एक उच्च वर्ण जाति है। क्षत्रिय जाति की जनसंख्या भारत में लगभग 10 प्रतिशत है। हम 'ऑपरेशन रिमोट' के माध्यम से इनसे जुड़कर इनकी मानसिकता को बदलने का प्रयास करेंगे, उसके लिए हमें इस समाज में व्याप्त कुछ विरोधाभास व नीतियों को जानना अत्यंत आवश्यक है, ताकि हम अपने मकसद को अंजाम तक पहुँचा पाएँ।

क्षत्रियों का विरोधाभास

धर्मग्रंथों के अनुसार क्षत्रियों की गणना ब्राह्मणों के बाद की जाती थी, परंतु बौद्ध ग्रंथों के अनुसार चार वर्णों में क्षत्रियों को ब्राह्मणों से ऊँचा अर्थात् समाज में सर्वोपरि स्थान प्राप्त था, जो ब्राह्मणों से श्रेष्ठता के दावे के प्रति क्षत्रियों के विरोध भाव को प्रकट करते हैं। क्षत्रिय और राजपूत शब्द को लेकर कुछ विवाद की भी स्थिति है। कुछ लोग दोनों को अलग-अलग मानते हैं, लेकिन अधिकांश इतिहासकार यह मानते हैं कि राजपूतों का संबंध क्षत्रियों से ही है।

भारत में ब्राह्मणों की तरह ही क्षत्रिय समाज के लिए कोई आरक्षण नीति नहीं है। क्षत्रिय समाज सदैव आरक्षण के विरोध में खड़ा रहता है। क्षत्रिय समाज का मानना है कि आरक्षण हमेशा आर्थिक आधार पर मिलना चाहिए, न कि किसी समाज को।

हमें क्षत्रिय समाज के ऐसे ही कुछ विरोधाभास व मानसिकता का फायदा उठाना होगा और इन्हें 'ऑपरेशन रिमोट' के माध्यम से अपने साथ जोड़कर कई प्रदर्शन व रैलियों को अंजाम देना होगा, ताकि समाज के विभिन्न वर्णों में आपसी भेदभाव, नफरत व घृणा के भाव को समृद्ध किया जा सके।

3. वैश्य

वैश्य का हिंदुओं की वर्ण व्यवस्था में तीसरा स्थान है, यह भी एक उच्च वर्ण की जाति है। वैश्य समाज देश की जनसंख्या का 10 प्रतिशत है। हमें वैश्य समाज को 'ऑपरेशन रिमोट' से जोड़ने से पूर्व इनके कुछ तथ्यों व संघर्षों को समझने की जरूरत है, ताकि हम इस समुदाय का इस्तेमाल करके अपने मकसद को पूरा कर सकें।

वैश्यों का संघर्ष

यद्यपि देश के विकास में वैश्य समाज का योगदान अतुलनीय रहा है, फिर भी वैश्य समाज को अकसर अन्य वर्णों द्वारा विरोध का सामना करना पड़ता है। कुछ लोग वैश्यों को स्वार्थी, धूर्त, जालिम, साँठगाँठ करने वाला और निष्क्रिय बताकर अपने दंभ को पोषित करने का प्रयास करते हैं।

वैश्य समाज आरक्षण का पूर्णत: विरोध नहीं करता, अपितु कई वर्ग आरक्षण के लिए जोर देते हैं। हमें 'ऑपरेशन रिमोट' के माध्यम से वैश्य समाज को अपने साथ जोड़ना होगा और इनके मन में समाज के खिलाफ आक्रोश की भावना को जन्म देना होगा और आरक्षण के लिए प्रदर्शन व रैली इत्यादि के लिए भी उकसाना होगा। कुछ पौराणिक व लोक-कहानियों के माध्यम से भी हम इस समाज को अन्य वर्णों के खिलाफ खड़ा कर सकते हैं।

4. शूद्र

शूद्र भारतीय समाज व्यवस्था में चतुर्थ वर्ण या जाति है, जिसे दलित समाज व पिछड़ा समाज भी कहा जाता है। इसे तीन श्रेणियों में रखा गया है—अनुसूचित जाति, अनुसूचित जनजाति और अन्य पिछड़ा वर्ग, जिनकी भारत में जनसंख्या लगभग 40% से अधिक है। मतलब किसी भी धर्म, जाति व समुदाय से अधिक विशाल है। और इसकी यही विशालता ही इसे देश की राजनीति का महत्त्वपूर्ण केंद्र बनाती है।

चाहे सत्ता पक्ष हो या विपक्ष, कोई भी इस वर्ण समाज को नाराज नहीं करना चाहता है। आज भारत में कई राजनीतिक पार्टी केवल और केवल इसी समुदाय को केंद्रित करके अपनी राजनीति की रोटियाँ सेंक रहे हैं। हर पार्टी अपने आप को इस समाज का मसीहा घोषित करने पर तुली है, क्योंकि उन्हें भी यह मालूम है कि अगर यह समाज उनके साथ आ गया तो देश की राजनीति में उनका कद बहुत बढ़ जाएगा। हर कोई समय-समय पर दलित समाज को अलग-अलग प्रलोभन देने की बात तो करता है, पर कोई भी नहीं चाहता कि यह सामाजिक बुराई देश से समाप्त हो, क्योंकि ऐसा होने से उनकी राजनीति की दुकान भी बंद हो जाएगी।

हम भी 'ऑपरेशन रिमोट' के माध्यम से इस समुदाय से जुड़ेंगे और अपने अभियान का एक बहुत बड़ा हथियार बनाकर, देश को दंगे, प्रदर्शन और आंदोलन की आग में फूँक देंगे। उससे पूर्व हमारे पास शूद्र समाज की एक संक्षिप्त जानकारी का होना आवश्यक है।

शूद्र वर्ण का संघर्ष

आरंभ में, सामाजिक व्यवस्था के कारण शूद्रों को समाज में बहुत भेदभाव का सामना करना पड़ता था और इन्हें छुआछूत की भावना का शिकार भी होना पड़ता था। समाज के कई उच्च वर्णों द्वारा इनका शोषण भी होता था। जिस कारण इस समाज की आर्थिक व सामाजिक हालत बहुत ही दयनीय थी।

यद्यपि शिक्षा के प्रसार व विभिन्न आरक्षण नीतियों के कारण यह सामाजिक बुराई लगभग खत्म हो गई है। जो केवल अब राजनीतिक मुद्दों में ही जीवित है, पर हम 'ऑपरेशन रिमोट' के माध्यम से इस वर्ग के समाज को अपने साथ जोड़कर सरकार और समाज के खिलाफ खड़ा कर देंगे तथा अधिक-से-अधिक आरक्षण, प्रदर्शन व दंगों के लिए उकसाएँगे।

चीनी प्रेजेंटेशन स्क्रीन को बंद करते हुए और एक गहरी साँस लेते हुए एक बड़ी सी मुसकराहट के साथ कहता है, "तो यह थी भारत देश में उपस्थित जातिवाद व्यवस्था। इन्हीं को आधार बनाकर हम लोग 'ऑपरेशन रिमोट' के माध्यम से भारत में किसी भी धर्म को शक्तिशाली बनने से रोकने के साथ-साथ उसके टुकड़े करके आपस में ही लड़ाई व दंगे करवाकर देश को बरबाद कर देंगे। अब मैं अपने सीरियाई साथी से पूछना चाहूँगा कि आपको अभी भी कोई संदेह हो तो हमारे साथ साझा करें।"

सीरियाई, जो चीनी को अभी भी टकटकी लगाए देख रहा था, ऐसा लग रहा था, मानो वो किसी चीज को समझने का प्रयास कर रहा है। कुछ देर शांत रहने के बाद अपनी दाढ़ी के बालों को हाथों से सहलाते हुए कहता है, "जी, मुझे सबसे पहले यह समझना होगा कि हम कैसे पहले तो अपनी किसी पेज व ग्रुप के माध्यम से किसी धर्म-समुदाय को एक होने को कहते हैं तो फिर बाद में उसको तोड़ने के लिए कैसे कह सकते हैं? क्या इससे भारत की जनता हमारे मनसूबों को समझ नहीं जाएगी?"

"आपसे किसने कहा कि हमारा ऑपरेशन 'जातिवाद व्यवस्था' पर 'धार्मिक व्यवस्था' के बाद प्रहार करेगा।" चीनी ने पूछा।

"तो क्या हम दोनों प्रहार एक साथ करने वाले हैं?" सीरियाई ने दोनों भौंहें मिलाते हुए पूछा।

"जी हाँ, हमें भारत की धर्म व जातिवाद व्यवस्था पर एक साथ प्रहार करना है, जिससे हम उन्हें एक होने का मौका ही नहीं देंगे।" चीनी ने तपाक से जवाब दिया।

चीनी के इस जवाब से सीरियाई की उलझन कम होने के बजाय और बढ़ गई। इसी परेशानी में सीरियाई चीनी की ओर एक और सवाल करते हुए पूछता है, "तो फिर क्या इससे हमारा उपस्थित आई.टी. सेल कंफ्यूज नहीं हो जाएगा कि कब किस प्रकार की पोस्ट करनी है? क्योंकि जब यह कंफ्यूजन हमारे दिमाग में आ सकती है तो यह वाजिब होगा कि इस दुविधा का सामना उन्हें भी करना पड़ सकता है। कभी दो नावों में सवार होने के चक्कर में हमारे सारे प्रहार बेकार न चले जाएँ?"

इस पर चीनी मुस्कराते हुए कहता है, "आपका सवाल एकदम दुरुस्त है कि धर्म व जातिवाद व्यवस्था पर एक साथ प्रहार करने के चक्कर में आई.टी. सेल के कर्मचारी कंफ्यूज हो सकते हैं और हो सकता है कि वे मुद्दे से भी भटक जाएँ। ऐसी स्थिति उत्पन्न न हो, इसके लिए हमें जातिवाद व्यवस्था पर आधारित अलग आई.टी. सेल बनाना होगा और इन दोनों का आपस में कोई लिंक नहीं होगा। दोनों सेल्स के टारगेट व तरीके पूर्व निर्धारित किए जाएँगे।

"मतलब नया आई.टी. सेल और नए पेज व ग्रुप। क्या भारत की सोशल मीडिया से जुड़ी जनता इतने ग्रुप व पेजेज में जुड़ना पसंद करेगी?" सीरियाई ने सवालों की झड़ी लगाते हुए कहा।

चीनी कहता है, "जी जरूर, हमसे भारत की जनता जरूर जुड़ेगी, क्योंकि हम अपने पेज व ग्रुप के माध्यम से उन्हें इतना मजबूर कर देंगे कि उन्हें हमसे जुड़ना ही पड़ेगा। और रही बात एक से अधिक ग्रुप व पेज से जुड़ने की तो जनाब! ऐसा कहीं लिखा है क्या कि हम सोशल मीडिया में एक से अधिक ग्रुप नहीं बना सकते है और न ही जुड़ सकते हैं। सोशल मीडिया से जुड़ी जनता खुद अपने आप को अपने इंट्रेस्ट के हिसाब से कई ग्रुप व पेज से जोड़े रखती है, जिसके कई अलग-अलग कारण हो सकते हैं; जैसे अपने समाज के लोगों को करीब से समझना, जानकारी इकट्ठा करना या फिर अपने को व्यस्त रखना इत्यादि।"

चीनी अपनी बात को आगे बढ़ाते हुए फिर कहता है, "आज सोशल मीडिया के युग में प्रत्येक इंसान अपनों के साथ रहते हुए भी बहुत दूर है। वे शारीरिक रूप से तो साथ रहते हैं, पर दिमागी रूप से इतने व्यस्त हैं कि एक-दूसरे के लिए किसी के पास समय नहीं है और वे काफी अकेले हैं, इसलिए हर एक इंसान सोशल मीडिया पर अलग-अलग पेज व ग्रुप से जुड़कर अपना वही अकेलापन दूर कर रहा है और धीरे-धीरे अब यह उसकी आदत-सी बनती जा रही है। (मुस्कराते हुए) इसलिए आप निश्चिंत रहें और जितने मर्जी उतने पेज व ग्रुप बनाते रहो और अपनी मंजिल के और करीब आते रहो।"

"धन्यवाद आपका कि आपने हमारी यह दुविधा भी दूर की। कृपया हमें

बताएँ कि हमें कैसे जातिवाद व्यवस्था का इस्तेमाल कर भारत को बरबाद करना होगा।" सीरियाई ने चीनी की बातों का समर्थन करते हुए कहा।

चीनी भी अपनी खुशी साझा करते हुए कहता है, "हमें खुशी है कि हम आपकी सभी दुविधा को खत्म कर सकने के प्रयास में सफल हो रहे हैं।"

इतना कहते हुए चीनी उठता है और एक बड़ी सी स्क्रीन में प्रेजेंटेशन खोलते हुए कहता है, "तो अब हम आगे बढ़ते हैं और जानते हैं कि कैसे हम लोग इस जाति व्यवस्था नाम के हथियार का इस्तेमाल कर भारत को और नुकसान पहुँचा सकते हैं। इसके लिए हमें बहुत ही अनुशासित तरीके से अपने पेज व ग्रुप को चलाना होगा।"

(प्रेजेंटेशन स्क्रीन का खुलना)

□

भारत की जाति व्यवस्था पर 'ऑपरेशन रिमोट' का प्रहार

इस प्रेजेंटेशन स्लाइड के द्वारा हम जानेंगे कि कैसे हम सोशल मीडिया का इस्तेमाल कर 'ऑपरेशन रिमोट' के माध्यम से भारत की जाति व्यवस्था में घुसकर देश की धार्मिक एकता और सामजिक एकता को खत्म कर देश को दंगे और प्रदर्शन की आग में जला देंगे। और साथ-ही-साथ देश की जनता का विश्वास देश के संविधान और कानून व्यवस्था से तोड़ देंगे।

हमें इस कार्य को इसके अंजाम तक पहुँचाने के लिए 'ऑपरेशन रिमोट' को एक योजनानुसार चलाना होगा, ताकि हम देश की जनता को अपने साथ जोड़कर भारत के खिलाफ अपने युद्ध को आक्रामक रूप दे सकें। हमें इस सोशल मीडिया युद्ध को निम्नलिखित चरणों में पूरा करना होगा—

1. अलग आई.टी. सेल बनाना।
2. विभिन्न जाति के आधार पर पेज, ग्रुप और यूजर्स बनाना।
3. जाति का इतिहास व विशेषताएँ।
4. भारत देश में जाति विशेष समाज का योगदान, शक्ति एवं महान् योद्धा व विचारकों का वर्णन।
5. दूसरे जाति विशेष समुदाय से संघर्ष एवं उसका अत्याचार।
6. जाति पर आधारित बुराई व कटाक्ष।
7. दूसरे जाति विशेष समुदाय से असुरक्षा।

1 चरण आई.टी. सेल बनाना

भारत की जनता से जुड़ने के लिए हमें सबसे पहले एक मजबूत व अलग आई.टी. (आई.टी. सेल) सेल बनाना होगा, ताकि किसी भी कंफ्यूजन की स्थिति से बचा जा सके। पहले की ही भाँति हमें कुछ कर्मचारी अपने इस आई.टी. सेल में भी जोड़ने होंगे, जिन्हें आप मासिक वेतन में नियुक्त कर सकते हो, जो सोशल मीडिया पर जाति से संबंधित पेज, ग्रुप व यूजर्स बनाते रहें, पोस्ट अपडेट करते रहें, कमेंट और मैसेजेस का रिप्लाई देते रहें। उनके डेली टास्क निर्धारित करना हमारी ही जिम्मेदारी होगी कि उन्हें किस प्लान के तहत पोस्ट अपडेट करनी है।

2 चरण विभिन्न जाति के आधार पर पेज, ग्रुप और यूजर्स बनाना

हमें हर जाति व वर्ण के लिए अलग-अलग पेज एवं ग्रुप बनाना होगा, जैसे—

- **ब्राह्मणों के लिए :** भगवान् परशुराम, सर्वे भवन्तु सुखिन:, ब्राह्मण योद्धा इत्यादि किसी भी नाम से आप ग्रुप बना सकते हो, जिससे ब्राह्मण समाज जुड़ना पसंद करे।
- **क्षत्रियों के लिए :** महाराणा प्रताप के वंशज, वीर शिवाजी, क्षत्रिय योद्धा इत्यादि किसी भी नाम से आप ग्रुप बना सकते हो, जिससे क्षत्रिय समाज जुड़ना पसंद करे।
- **वैश्य समाज के लिए :** वैश्य युवा, जय किसान समिति, वैश्य शिरोमणि भारतेंदु हरिश्चंद्र इत्यादि किसी भी नाम से आप ग्रुप बना सकते हो, जिससे वैश्य समाज जुड़ना पसंद करे।
- **ठीक वैसे ही शूद्र समाज के लिए :** जय वाल्मीकि, वाल्मीकि भगवान् की सेना, बी.आर. आंबेडकर की सेना इत्यादि पेज एवं ग्रुप बनाने होंगे, जिससे शूद्र समाज जुड़ना पसंद करे।

ध्यान रहे कि पेज व ग्रुप के नाम ऐसे होने चाहिए, जो प्रत्येक जाति

की शक्ति व महान् लोगों का एहसास करवाए, जिससे किसी जाति विशेष के लोग आसानी से जुड़ना पसंद करें; क्योंकि याद रहे, हमारे पेज व ग्रुप का नाम ही हमें जनता से जोड़ने में सर्वप्रथम मदद करेगा। इसलिए इसका नाम जनता की भावनाओं और आस्थाओं के साथ जुड़ा होना बहुत महत्त्वपूर्ण है।

उसके बाद हमें कुछ फेक यूजर्स भी सोशल मीडिया पर बनाने होंगे, जो हमारे पेज व ग्रुप को सर्वप्रथम लाइक व कमेंट करें, ताकि उस समाज से जुड़े वर्ण विशेष की जनता आकर्षित हो सके। इसलिए समाज के हर हिस्से से जुड़ने के लिए हमें सर्वप्रथम फेक यूजर्स व Ad-Campaign का सहारा लेना होगा, ताकि हम अधिक-से-अधिक लोगों तक जुड़ सकें, क्योंकि शुरुआती चरणों में ये Ad-Campaign ही हमारी पोस्ट को वायरल करने में मदद करेंगे और अधिक-से-अधिक लोगों के संपर्क में लाएँगे।

3 चरण जाति का इतिहास व विशेषताएँ

अलग-अलग जाति विशेष पेज व ग्रुप के माध्यम से इस चरण में हम बात करेंगे, जाति के इतिहास व उसकी विशेषताओं की, ताकि हर जाति के समुदाय के लोग अपने समाज के इतिहास की जानकारी लेने के लिए और विशेषताओं को समझने के लिए हमसे जुड़ें। हर जाति के वर्णों का अपना एक इतिहास है और अपनी ही विशेषता। हमें बस उन्हीं विशेषताओं का वर्णन करना होगा, जैसे—

- ब्राह्मण वर्ण के लोग 'अज्ञान' नाम के शत्रु से लड़ते थे और चारों ओर ज्ञान का प्रकाश फैलाते थे, जिन्होंने हिंदू धर्म की संस्कृति को आज तक सँजोए रखा है।
- क्षत्रिय समाज के लोग 'अन्याय' नाम के शत्रु से लड़ते थे और देश व समाज की रक्षा दुश्मनों से करते थे।
- वैश्य समाज के लोग 'अभाव' नाम के शत्रु से लड़ते थे और समाज के हर वर्णों को अनाज, वस्त्र व दैनिक जरूरत का सामान पहुँचाते थे।
- तो शूद्र समाज सभी वर्णों को अपने शारीरिक श्रम की सुविधा प्रदान

किया करते थे, जिनके बगैर कोई भी कार्य संभव नहीं है।

हमें अपनी पोस्ट के माध्यम से उनके निर्धारित पेज व ग्रुप में उनके महान् इतिहास का व प्रत्येक जाति के उद्देश्य का बखान करना होगा, तो वहीं निम्न जाति के वर्णों को भी बताना होगा कि उनके वर्ण का उदय कैसे हुआ और सामाजिक व्यवस्था ने कैसे अपने फायदे के लिए इतिहास को तोड़-मरोड़कर बदला।

यहाँ हमें यह निर्धारित करना होगा कि जब हम किसी जाति के इतिहास की चर्चा अपनी पोस्ट के माध्यम से करें तो हमें उन्हें जानकारी देने के साथ-साथ उनकी महानता का भी वर्णन करना होगा, ताकि वो अपनी जाति पर गर्व कर सकें और वो लोग जिज्ञासावश हमसे जुड़ते चले जाएँ।

"क्या हमें महानता का बखान करना जरूरी होगा?" पाकिस्तानी ने चीनी को रोकते हुए बहुत ही जिज्ञासा के साथ पूछा।

चीनी प्रेजेंटेशन स्क्रीन से घूमते हुए पाकिस्तानी को देखकर मुस्कराकर कहता है, "जी हाँ, हमें जाति विशेष समुदाय के इतिहास का न केवल महानतम बखान करना होगा, अपितु उसे एक मनोरंजक रूप भी देना होगा; ताकि सोशल मीडिया से जुड़ी जनता हमारी ओर खिंची चली आए, क्योंकि जब तक उनके मन में अपने समाज के लिए इज्जत नहीं बढ़ेगी, तब तक वे हमसे जुड़ना भी पसंद नहीं करेंगे। खासकर निम्न वर्णों को यह एहसास करवाना होगा कि उनकी जाति शर्म की नहीं, अपितु गर्व की बात है। और जब उन्हें हम यह बताने में सफल होंगे तो वे हमसे जुड़ेंगे भी और हमारी पोस्ट को समाज के अन्य लोगों के साथ साझा भी करेंगे।"

"आपकी बातों से लग रहा है कि हमें निम्न जाति विशेष समुदाय में अत्यधिक ध्यान देना होगा।" पाकिस्तानी ने चीनी की मंशा को भाँपते हुए कहा।

"आप सही समझे, पर इसका मतलब यह कदापि नहीं कि हमें अन्य वर्णों का कम ध्यान रखना है। अपितु हमें अन्य वर्णों को भी निरंतर अपनी पोस्ट के माध्यम से अपने पेज से जोड़ना होगा, पर निम्न वर्ण पर विशेष ध्यान देना होगा, क्योंकि इनकी जनसंख्या भी ज्यादा है और इन्हें भड़काना भी काफी आसान होगा। क्योंकि पूर्व में जो इनके साथ अन्याय हुआ है, वो इन्हें हमसे ज्यादा शीघ्रता से जुड़ने में मदद करेगा। और उसमें भी अच्छी बात यह है कि

इन वर्ण समाज की साक्षरता दर अन्य वर्णों की तुलना में बहुत कम है।" चीनी ने कहा और प्रेजेंटेशन स्क्रीन की ओर घूमकर अगले चरण की ओर जाता है।

4 चरण भारत देश में जाति विशेष समाज का योगदान, शक्ति एवं महान् योद्धा व विचारकों का वर्णन

इस चरण में हमें प्रत्येक जाति विशेष समुदाय के लोगों को अपने पेज व ग्रुप में पोस्ट के माध्यम से भारत देश में उनके योगदान का वर्णन करना होगा। इसके लिए हमें उनके महान् योद्धा, विचारक, राजनीतिज्ञ व क्रांतिकारियों का वर्णन करना होगा, जैसे--

- ब्राह्मण समाज के लिए भगवान् परशुराम, चंद्रशेखर आजाद, बाल गंगाधर तिलक इत्यादि जैसे योद्धा व क्रांतिकारियों का वर्णन।
- क्षत्रिय समाज के लिए महात्मा बुद्ध, महाराणा प्रताप, सम्राट् पृथ्वीराज चौहान, महान् क्रांतिकारी रामप्रसाद बिस्मिल इत्यादि जैसे कई क्षत्रिय राजाओं, योद्धाओं व क्रांतिकारियों का वर्णन।
- वैश्य समाज के लिए महात्मा गांधी, लाला लाजपत राय, डॉ. राम मनोहर लोहिया इत्यादि जैसे महापुरुषों का वर्णन।
- तो शूद्र समाज के लिए महर्षि वाल्मीकि और बी.आर. आंबेडकर इत्यादि जैसे महापुरुषों का वर्णन किया जा सकता है।

इसी प्रकार हमें सभी वर्णों के योगदान व शक्तियों का महिमामंडन करना होगा, ताकि उन्हें उनकी जाति की शक्ति का एहसास करवाया जा सके। जिससे आकर्षित होकर वे हमसे जुड़ना पसंद करेंगे और हमारी पोस्ट को अपने-अपने समाज के लोगों को भी फॉरवर्ड व शेयर करेंगे।

"क्या योगदान और शक्तियों का बखान करना भी जरूरी होगा?" सीरियाई ने फिर अपनी भौंहें सिकोड़ते हुए पूछा।

"जी जरूर! हम उनके योगदान और शक्तियों का एहसास इसलिए करवाएँगे, ताकि हम उनमें इस एहसास की भावना को पैदा कर सकें कि

'उनके वर्ण ने भारत को बहुत कुछ दिया है।' क्योंकि जब तक देने का एहसास नहीं होता, तब तक माँगने की भावना को भी जन्म नहीं दिया जा सकता। और इसी माँगने की भावना के कारण हम उन्हें आरक्षण व विशेष सुविधाओं के नाम पर प्रदर्शन व दंगे करवाने के लिए उकसा सकते हैं।" चीनी ने प्रेजेंटेशन स्क्रीन से ध्यान हटाते हुए कहा।

जिसे सुन सीरियाई के चेहरे पर मुसकान आ जाती है और वो हँसते हुए स्वर में कहता है, "मतलब राष्ट्र भावना को कम कर, जाति विशेष भावना की नींव रखी जा रही है।"

इस पर चीनी भी मुस्कराते हुए जवाब देता है, "जी जनाब, ऐसा ही कुछ समझिए। हमारे इस चरण के प्रयास से भारत की जनता के अंदर न केवल जातीय भावना का विकास होगा, बल्कि भारत का प्रत्येक समुदाय जाने-अनजाने में देश के महान् स्वतंत्रता सेनानियों एवं क्रांतिकारियों का भी बँटवारा कर देंगे और एक समय ऐसा आएगा कि वे इनका भी विरोध करने से नहीं चूकेंगे।" यह सुन सभी हँसने लगते हैं और चीनी फिर स्क्रीन की ओर मुड़कर आगे का चरण साझा करता है।

5 चरण दूसरे जाति विशेष समुदाय से संघर्ष एवं उसका अत्याचार

इस चरण में हम बात करेंगे, दूसरे जाति विशेष समुदाय से संघर्ष एवं उसके अत्याचार की। इस चरण को शुरू करने से पूर्व हमें देखना होगा कि हमारे द्वारा डाली गई पोस्ट को हमसे जुड़े लोग अधिक संख्या में लाइक कर रहे हैं? कमेंट कर रहे हैं? और फॉरवर्ड करके अपनी प्रोफाइल में पोस्ट कर रहे हैं? क्योंकि हमारा यह चरण तब तक शुरू नहीं हो सकता, जब तक हमसे जुड़े लोग हमें लाइक, कमेंट और फॉरवर्ड न करें और जब हमें यह सब मिलना अधिक संख्या में शुरू हो जाए तो हमें समझ जाना है कि हमें अब इस चरण को शुरू करना चाहिए। क्योंकि इसी चरण से हमारे प्लान 'ऑपरेशन रिमोट' का असल मकसद शुरू होगा। हम आशा करते हैं कि पीछे दिए गए चरण

का अनुसरण करके हम अपने पेज व ग्रुप में पर्याप्त मात्रा में फॉलोवर इकट्‌ठा करने में सफल हो जाएँगे।

भारतीय इतिहास जाति व्यवस्था के कारण ऊँच-नीच, भेदभाव व छुआछूत आदि की घटनाओं से भरा हुआ है, जिसे भारत की सरकार ने आरक्षण व सख्त कानून बनाकर कम कर दिया है, पर हम उसे अपनी पोस्ट के माध्यम से सोशल मीडिया के समक्ष फिर से जीवित करेंगे। इसके लिए हम इतिहास में हुई कुछ घटनाओं का सहारा लेकर प्रमाणित भी करेंगे, जिससे हम निम्न वर्ण के समाज को दूसरी जाति व सरकार के विरुद्ध खड़ा करके भारत में अशांति फैलाने का काम आसानी से कर सकेंगे।

निम्न वर्णों के अलावा हम अन्य जाति के वर्णों को भी अपनी पोस्ट के माध्यम से एक-दूसरे के विरुद्ध खड़ा करने का प्रयास करेंगे। जैसे—

- ब्राह्मण समाज को बताने का प्रयास करेंगे कि अन्य वर्ग ब्राह्मणों को पाखंडी, कुछ लोग अंधविश्वासी तो कुछ ब्राह्मण को लूटने व शोषण करने वाला कहकर विरोध करते हैं।
- वर्णों के सर्वश्रेष्ठ की सहायता से हम क्षत्रिय समाज व ब्राह्मण समाज को एक-दूसरे के विरोध में खड़ा करने का प्रयास करेंगे, ताकि वे अपनी-अपनी जाति वर्ण को एक-दूसरे से सर्वश्रेष्ठ बताने की बहस में लगे रहें।
- वैश्य समाज को बताने का प्रयास करेंगे कि अन्य वर्ग वैश्यों को स्वार्थी, साँठ-गाँठ करने वाला और निष्क्रिय बताकर अपने दंभ को पोषित करने का प्रयास करते रहते हैं और उनकी छवि को नुकसान पहुँचाने की कोशिश करते हैं।
- साथ-ही-साथ सभी वर्णों को हम यह समझाने की कोशिश करेंगे कि संविधान द्वारा दी गई आरक्षण व्यवस्था कैसे धीरे-धीरे उनके हक को सीमित कर रही है।

हमारे इन प्रयासों के परिणामस्वरूप हम देखेंगे कि भारत की जनता

सोशल मीडिया के माध्यम से फैलाई गई घृणा की आग से पूरे देश को खुद जलाने में जुट जाएगी। वे न केवल हमारी पोस्ट को लाइक व कमेंट करेंगे, अपितु शेयर, फॉरवर्ड व कॉपी करके अपनी-अपनी प्रोफाइल में भी पोस्ट करेंगे और यहीं से वे अपने ही देश के संविधान और कानून व्यवस्था पर उँगली उठाना शुरू कर देंगे। जो हमारे मकसद को आगे बढ़ाने में हमारी सहायता देगा।

6 चरण जाति पर आधारित बुराई व कटाक्ष

जब हम अपने पिछले चरणों में सफल हो जाएँगे तो फिर हम अपने इस चरण की ओर बढ़ेंगे, जिसमें हम अपनी पोस्ट के माध्यम से दूसरी जाति विशेष समुदाय की निरंतर बुराई व कटाक्ष करेंगे। यहाँ हमें अपनी पोस्ट को प्रमाणित करने की भी जरूरत नहीं, अपितु एक आकर्षक मीम्स की मदद लेनी होगी, क्योंकि अब हम अपने उस पड़ाव पर होंगे, जहाँ हमें भारत की जनता का हमारी सभी जायज व नाजायज पोस्ट पर खुलकर समर्थन मिल रहा होगा और इसी मौके का हम भरपूर प्रयोग करेंगे। जहाँ हम दूसरी जाति के वर्णों में अपनी पोस्ट के माध्यम से प्रत्यक्ष व अप्रत्यक्ष हमले करेंगे, जिसके परिणामस्वरूप भारत की सोशल मीडिया से जुड़ी जनता की आपस में ही एक बहस शुरू हो जाएगी। जो पोस्ट के कमेंट बॉक्स से शुरू होते-होते कब आपसी जुबानी बहस में बदल जाएगी, इसका उन्हें खुद अंदाजा नहीं लग पाएगा।

जहाँ अब हमारा यह काम भारत की सोशल मीडिया से जुड़ी लाखों-करोड़ों जनता अपने वॉल में क्रिएटिविटी दिखाते हुए जाति विरोधी पोस्ट कर रही होगी, तो वहीं अब हमारे इस काम को करने के लिए हमें भारत में इस्लाम जैसे अन्य धर्म के लोग भी सहयोग करने लगेंगे, क्योंकि हम उन्हें भी यह एहसास करवा देंगे कि यदि भारत में हिंदुओं की बढ़ती शक्ति को रोकना है तो हमें उन्हें जात-पात की लड़ाई में उलझाना होगा और हिंदू धर्म की बन रही एकता को खत्म करना होगा।

"मतलब ? हम समझे नहीं कि हम इस जात-पात की लड़ाई को धार्मिक रंग भी देंगे, पर कैसे ?" सीरियाई ने बहुत ही बुलंद आवाज में पूछा, क्योंकि उसे इस धार्मिक एंगल का तरीका कुछ समझ नहीं आ रहा था और यही हाल सभा में बैठे बाकी सभी सदस्यों का था।

चीनी सीरियाई के साथ-साथ बाकी लोगों के चेहरे के भाव देखता है तो वो भी समझ जाता है कि बाकी लोगों को यह धार्मिक एंगल वाली बात कुछ हजम नहीं हो रही। इसलिए वो भी बिना देरी किए प्रेजेंटेशन स्क्रीन से घूमते हुए एक बड़ी सी मुसकान के साथ कहता है—

"आप लोगों को शायद यह बात थोड़ी अटपटी लगे, पर हम इसे भी एक योजना के माध्यम से पूरा करेंगे। जैसा कि हमारा एक आई.टी. सेल, जो धर्म व्यवस्था के लिए कार्य कर रहा होगा। उसे हम अपने इस चरण के शुरू होते ही इस टारगेट से अवगत कराएँगे, जिससे वे पोस्ट के माध्यम से अन्य धर्मों के लोगों को हिंदुओं की बढ़ती एकता, असहिष्णुता व एकाधिकार की अफवाहों का प्रचार करेंगे। जिसके लिए हमें समाज में हो रहे किसी भी लड़ाई-झगड़े को धार्मिक रंग देकर अपने इस कथन को प्रमाणित भी करना होगा, ताकि हमारे किए गए प्रयासों का हमें एक अच्छा परिणाम मिल सके। इसलिए हमें हर तरफ से घृणा फैलाने का काम करना होगा।"

"ये असई···असहि···असहिष्णुता होती क्या है, जनाब ? इसे तो बोलने में भी इतनी प्रॉब्लम हो रही है।" कोरियाई ने एक हँसी के साथ अटकते हुए कहा, जिसे सुन सभी हँसने लगे और 'असहिष्णुता' शब्द का अपने-अपने अंदाज में उच्चारण करने लगे। कोई 'अक्षुणता' बोलता तो कोई 'असूनसून' तो कोई बोल ही नहीं पाता बस अटककर रह जाता।

सबकी इस हरकत को देख चीनी भी हँसने लगता है और मतलब समझाते हुए कहता है, "असहिष्णुता मतलब कोई ऐसा इंसान या संस्था, जिसमें कोई भी जायज या नाजायज बात सहने की शक्ति न हो और वो अपनी ताकत का दुरुपयोग करे।"

"तो हम सीधा-सीधा भी कह सकते हैं कि हिंदू अपनी ताकत का दुरुपयोग करता है। ये असहिष्णु क्यों, इससे जनता कंफ्यूज नहीं होगी ?

जब यह सुन हमारी हालत खराब हो गई तो उनका क्या हाल होगा!" एक पॉलिटिशियन ने बीच में ही टोककर चुटकी लेने वाले अंदाज में कहा।

"जनाब! आजकल हर कोई कुछ नया चाहता है। अब चाहे उपहार हो या गाली, हमेशा एक ही अच्छी नहीं लगती। अगर हम समाज को वही घिसे-पिटे अंदाज में सब बताने का प्रयास करेंगे तो शायद वह भी हमारी पोस्ट में इंट्रेस्ट न दिखाए। इसलिए हमें समाज को समय-समय पर नए-नए शब्दों को भी देना होगा, जो उनके बीच ट्रेंड कर सके।" चीनी ने चेहरे पर मुसकान के साथ एक आँख को बड़ी करते हुए मजाकिया अंदाज में कहा, जिसे सुन सभी की हँसी निकल गई।

"मतलब अब हमें सोशल मीडिया पर पोस्ट करने के साथ-साथ समय-समय पर ट्रेंडिंग शब्द की भी मार्किटिंग करनी होंगी।" पॉलिटिशियन ने दोनों हाथों की हथेली को ऊपर घुमाते हुए टेढ़ा सा मुँह करते हुए कहा।

"जी बिल्कुल, अगर सोशल मीडिया की भाषा में कहूँ तो हमें समय-समय पर भारत की जनता को hashtags देने होंगे, ताकि ऐसे ही कुछ शब्द उनके बीच ट्रेंड कर सकें।" चीनी ने तपाक से कहा।

"अब ये hashtags क्या होता है? साली एक कंफ्यूजन खत्म नहीं हो रही, दूसरी पैदा हो जा रही है।" पॉलिटिशियन ने गरदन टेढ़ी कर सिर खुजाते हुए कहा।

इस पर चीनी मुस्कराते हुए जवाब देता है, "hashtag बेसिकली हमारे keypad का एक अक्षर है। जो कुछ ऐसा # दिखता है और ये ट्रेंडिंग शब्द के साथ जुड़कर सोशल मीडिया की पोस्ट को वायरल करने में सहयोग देता है। कुछ ट्रेंडिंग शब्द जैसे : #असहिष्णुता, #आरक्षण_मुक्त_भारत, #SayNoToReservation इत्यादि। मतलब हम जब भी कोई ट्रेंडिंग शब्द भारत को देंगे तो उसी मुद्दे की सभी पोस्ट में hashtags जोड़कर अपनी पोस्ट सोशल मीडिया पर वायरल करेंगे। जिससे अधिक-से-अधिक लोगों तक हमारी पोस्ट पहुँचे और वे हमसे प्रभावित हो सकें।"

यह सुन सभी टेबल बजाते हुए अपनी-अपनी सहमति जताते हैं और चीनी फिर स्क्रीन की ओर मुड़कर आगे का चरण साझा करने लगता है।

7 चरण दूसरे जाति विशेष समुदाय से असुरक्षा

अब आते हैं हम अपने अंतिम चरण पर, जो बेहद खास है। हमारे पूर्व प्रयासों ने हमारे समक्ष एक ऐसा मंच तैयार कर दिया होगा, जहाँ भारत के प्रत्येक जातीय समुदाय एक-दूसरे के प्रति घृणा के भाव से भरे होंगे और इनके अंदर की आग को जलने के लिए बस एक चिंगारी ही काफी होगी। यह चरण हमारा बस उसी चिनगारी का काम करेगा। इसमें हम अपनी पोस्ट के माध्यम से दूसरी जाति विशेष समुदाय से असुरक्षा दिखाने का प्रयास करेंगे। इस चरण के द्वारा ही हम देश को आर्थिक और सामाजिक दोनों तरह से हानि पहुँचा सकते हैं और भारत की जनता में बहस सोशल मीडिया पोस्ट के कमेंट बॉक्स से होते हुए सड़कों तक पहुँचा सकते हैं।

"सड़कों तक! पर कैसे और इसके लिए हमें करना क्या होगा?" कोरियाई ने चीनी को बीच में ही टोकते हुए बड़ी हैरानी से पूछा।

"हमें इस चरण में कई पोस्ट के माध्यम से अपने साथ जुड़ी जनता के मन में दूसरे जाति विशेष समुदाय से खतरे को दर्शाना होगा। हमें उन्हें यह एहसास करवाना होगा कि अगर जल्द ही कुछ नहीं किया गया तो दूसरी जाति विशेष समुदाय समृद्ध व हमारी जाति वर्ण बरबाद हो जाएगा।" चीनी ने प्रेजेंटेशन स्क्रीन से घूमते हुए जवाब दिया।

"हम समझे नहीं कि हमें ऐसा क्या करना होगा, क्योंकि निम्न जाति वर्णों को तो भड़काना आसान होगा, पर उच्च जाति वर्णों को हम क्या कहकर भड़का सकते हैं और उन्हें निम्न जाति से भला क्या खतरा हो सकता है?" कोरियाई ने संदेहात्मक स्वर में पूछा।

"आपका प्रश्न एकदम वाजिब है, पर सामाजिक व राजनीतिक व्यवस्था में बने जातीय आरक्षण व कुछ कानून हमें अपने इस मकसद को पूर्ण करने में मदद करेंगे।" चीनी ने आश्वासन देते हुए कहा।

"पर भारत के ये जातीय आरक्षण व कानून तो देश की व्यवस्था को संतुलित करने के लिए बने हैं और इससे भारत में काफी संतुलन आया भी है।

तो अब इन्हीं का इस्तेमाल करके हम कैसे भारत को बरबाद करने में सफल होंगे?" कोरियाई ने चीनी के जवाब में एक और प्रश्न दागते हुए पूछा।

यह सुन चीनी मुसकराने लगता है और आगे कहता है, "हर कानून व व्यवस्था की एक समय अवधि होती है और समाप्ति तिथि भी। समय और मात्रा से ज्यादा कोई भी दवाई जब सेहत के लिए हानिकारक हो सकती है तो यह तो बस एक सामाजिक व्यवस्था ही है। एक समय था, जब भारत को अपनी एकता को बनाए रखने के लिए जातीय आरक्षण व कानून की आवश्यकता थी। जिसकी वजह से देश में सामाजिक संतुलन स्थापित करने में भारत की सरकार सफल भी हुई, पर अब यही व्यवस्था देश में असंतुलन फैलाने का काम करेगी। और इसी योजना को साकार करने के लिए आपको इस चरण के आगे के भाग को ध्यान से देखना व समझना होगा।" यह कहकर चीनी दुबारा प्रेजेंटेशन स्क्रीन की ओर घूम जाता है और चरण का आगे का हिस्सा साझा करता है।

हम अपनी पोस्ट व मीम्स द्वारा कुछ नीचे दिए गए बिंदुओं को इस्तेमाल कर सकते हैं—

- हम शेष जाति समुदाय को यह एहसास करवाएँगे कि कैसे आरक्षण के कारण उनका समाज पिछड़ता जा रहा है और कैसे आरक्षित समाज बढ़ता जा रहा है।
- हम शेष जाति समुदाय को यह एहसास करवाएँगे कि कैसे आरक्षण के कारण एक प्रतिभाशाली इंसान का हक छीनकर एक अयोग्य इंसान को दिया जाता है।
- हम शेष जाति समुदाय को यह एहसास करवाएँगे कि कैसे आरक्षण के कारण उनकी संतानें नौकरी के लिए संघर्ष कर रही हैं और कैसे आरक्षित समाज को आसानी से नौकरी मिल रही है।
- हम शेष जाति समुदाय को यह एहसास करवाएँगे कि कैसे आरक्षण के कारण आरक्षित समाज को अयोग्य होने के बावजूद

नौकरी में हर साल तरक्की दे दी जाती है और योग्यता होने के बावजूद आपको उस तरक्की से वंचित होना पड़ता है।

- हम शेष जाति समुदाय को यह एहसास करवाएँगे कि कैसे जातीय कानून के कारण आरक्षित समाज की बस एक शिकायत में तुम्हें निर्दोष होने के बावजूद कानूनी दंड भोगना पड़ता है। हमें उन्हें भड़काकर मजबूर करना होगा कि वे भारत सरकार से जातीय कानून व्यवस्था को बंद करने के लिए दबाव बनाते रहें।

हमें इन्हीं कुछ तरीकों का इस्तेमाल कर उच्च जाति वर्णों को सरकार के खिलाफ प्रदर्शन करने के लिए मजबूर करना होगा। उन्हें सरकार से आरक्षण की माँग के लिए भड़काना होगा, ताकि वे भी जगह-जगह प्रदर्शन कर आरक्षण की माँग करें और अपने ही देश को दंगे और आरक्षण की आग में झोंक दें।

"पर इससे तो केवल उच्च वर्ण के समाज ही भड़क सकते हैं। क्या निम्न वर्ण भी इसी तरीके से भड़केगा?" कोरियाई ने बीच में ही टोकते हुए पूछा।

चीनी प्रेजेंटेशन स्क्रीन से घूमे बिना ही जवाब देते हुए कहता है, "जी हाँ। पर इसके लिए आपको इस प्रेजेंटेशन की आगे की योजना को देखना और समझना होगा।" यह कहते ही चीनी दुबारा स्क्रीन के माध्यम से समझाने लगता है।

हम इन्हीं तरीकों का उपयोग करके अप्रत्यक्ष रूप से निम्न वर्ण के समाज को भी भड़का सकते हैं। जब उपरोक्त तरीकों को इस्तेमाल कर उच्च वर्ण के समुदाय कोई भी काररवाई अपने हक की लड़ाई के लिए करेगा तो वो क्रिया हमें निम्न वर्णों में आग लगाने का काम करेगी। जैसे—

- जब उच्च वर्ण का समाज आरक्षण का विरोध करेगा तो हमें निम्न वर्ण को भड़काना होगा कि कैसे समाज के अन्य वर्ण के लोग उनका आरक्षण का हक छीनने की कोशिश कर रहा है।

- हमें निम्न वर्ण को भड़काना होगा कि समाज के अन्य वर्ण कैसे उनकी उन्नति से जल रहे हैं।
- जब उच्च वर्ण का समाज जातीय कानून के विरुद्ध सरकार को उसमें बदलाव के लिए कहे तो भी हम निम्न वर्ण को भड़का सकते हैं कि समाज आज भी उनके हक को दबाने का प्रयास कर रहा है।
- हमें निम्न वर्ण समाज को भड़काना होगा कि उन्हें सरकार की तरफ से जो आरक्षण व जातीय कानून मिल रहा है, वो काफी नहीं है, इसे और बढ़ाने की माँग करने की जरूरत है।

इससे निम्न वर्ण समाज में एक आक्रोश भर जाएगा और वे अपने ही देश में समाज और सरकार के विरुद्ध खड़े हो जाएँगे। एक तरफ समाज के उच्च वर्ण के लोग अपने हक की लड़ाई के नाम पर जगह-जगह रैलियाँ निकालेगा व प्रदर्शन करेगा तो दूसरी तरफ निम्न वर्ण भी तरह-तरह की रैलियाँ व प्रदर्शन करेंगे। जिसके फलस्वरूप पूरा देश प्रदर्शन व दंगों की आग में जलता जाएगा। और वही हिंदू धर्म, जो एक बहुत बड़ी शक्ति के रूप में उभर सकता था, वो छोटे-छोटे भाग में बँटकर आपस में ही लड़ता-मरता रहेगा।

यह कहकर चीनी प्रेजेंटेशन स्क्रीन की लाइट बंद करते हुए कहता है, "ये भाग बस इतना ही; और अभी भी किसी के मन में कोई संदेह हो तो कृपया साझा करे। (मुस्कराते हुए) खासकर हमारे सीरियाई भाई, जो भयभीत थे कि कहीं भारत 'एक धर्म और एक राष्ट्र' न बन जाए।"

"जनाब! वैसे भयभीत होने वाली बात ही थी वो, पर सलाम है आपके 'ऑपरेशन रिमोट' की योजना को, जिसने हमारे इस भय को भी दूर किया।" सीरियाई ने शर्मिंदा होने वाले अंदाज में कहा।

"अरे जनाब, ये आपका क्या होता है, बोलो हमारा 'ऑपरेशन रिमोट'।" यह कहकर चीनी सीरियाई को कम्फर्टेबल करने की कोशिश करता है।

तभी एक पॉलिटिशियन मुस्कराते हुए कहता है, "तो यहाँ भी उग्र प्रदर्शन के लिए हम जैसे नेताओं की जरूरत होगी?"

"जी हाँ, काफी समझदार हो गए हो आप। यहाँ भी उग्र प्रदर्शन व रैलियों को सही दिशा दिखाने के लिए हमें आप जैसे ही नेताओं की जरूरत होगी।" चीनी ने व्यंग्यात्मक तरीके से कहा।

"क्या इन छोटे-छोटे भाग में बँटे हिंदू हमारे किसी काम के रहेंगे?" पॉलिटिशियन ने कम दिलचस्पी दिखाते हुए कहा, क्योंकि उसे लग रहा था कि छोटे-छोटे समुदाय का नेता बनकर भला क्या लाभ होगा।

इस पर चीनी को पहले तो पॉलिटिशियन की नादानी पर हँसी आती है, क्योंकि जिसे वो छोटा-छोटा भाग कहकर संबोधित कर रहा था, वही भारत की असली राजनीति की चाबी है, जिसे पकड़कर आज भारत में कई बड़ी-बड़ी पार्टीज उत्पन्न हो रही हैं, इसलिए चीनी पॉलिटिशियन को यहाँ स्पष्ट करते हुए कहता है—

"शायद आपको मालूम नहीं कि यह दलित समाज भारत की जनसंख्या का सबसे बड़ा भाग है और यदि आपने तरह-तरह की रैलियाँ व प्रदर्शन करते हुए इन्हें अपने साथ कर दिया तो भारत की राजनीति में आपका कद काफी बढ़ जाएगा। भारत में निम्न वर्ण समाज जनसंख्या में ज्यादा होते हुए भी बहुत ही आसानी से प्रभावित हो जाते हैं। इन्हें छोटे से प्रलोभन से भी अपने साथ किया जा सकता है और देश को बरबाद किया जा सकता है। हमें बस इनके दिमाग में समाज व सरकार के लिए इतनी घृणा पैदा करनी है कि ये लोग अपने ही राष्ट्र के विरुद्ध कार्य करने लगें।"

"तो हमें बस निम्न वर्ण समाज का ही नेतृत्व करना होगा?" पॉलिटिशियन ने तेजी दिखाते हुए पूछा।

"जी बिल्कुल भी नहीं, हममें से कुछ लोग उच्च वर्णों का तो कुछ लोग निम्न वर्णों का नेतृत्व करेंगे, क्योंकि अगर हम उच्च वर्ण के प्रदर्शन को सही दिशा नहीं दे पाए तो निम्न वर्ण को भी उकसाना मुश्किल हो जाएगा। इसलिए, सर्वप्रथम उच्च वर्ण को अपनी पोस्ट व मीम्स के द्वारा भड़काकर प्रदर्शन करने को मजबूर करेंगे और उसी हथियार का इस्तेमाल कर निम्न वर्णों से भी दंगे व

प्रदर्शन करवाएँगे।" चीनी ने कड़े शब्दों में कहा, क्योंकि वो किसी भी सदस्य के निजी फायदे के लिए अपनी इस योजना से समझौता नहीं कर सकता था।

"मतलब सीना भी उनका, चाकू भी उनका, हमें बस तमाशा देखना है।" पॉलिटिशियन ने मामले को सँभालते हुए चुटकी लेने के अंदाज में कहा, जिसे सुन सभी हँस पड़ते हैं।

इसे सुन चीनी को भी हँसी आ जाती है और वो यहाँ अपनी बात जोड़ते हुए कहता है, "हमें बस तमाशा ही नहीं देखना, बल्कि जरूरत पड़ने में भीड़ में अपने ही कुछ लोगों को खड़ा करके उनसे वो करवाना है, जो हमारा असल मकसद है। यहाँ से हमें लगातार भारत की जनता को एक-दूसरे के खिलाफ भड़काना तो है ही, पर साथ-ही-साथ देश की न्यूज मीडिया, सरकार, संविधान और कानून व्यवस्था को लगातार भ्रष्ट साबित करते रहना होगा।"

"देश की न्यूज मीडिया तो ठीक, पर हम जनता को संविधान और कानून व्यवस्था के खिलाफ कैसे खड़ा करेंगे? क्या ऐसा करना ठीक रहेगा?" पॉलिटिशियन ने अपनी भौंहें सिकोड़ते हुए पूछा।

"जी हाँ! हमें ऐसा करना जरूरी होगा, क्योंकि हमारे 'ऑपरेशन रिमोट' का असल मकसद देश की जनता का विश्वास समाज से, सरकार से, संविधान से, आर्मी से और देश की कानून व्यवस्था से तोड़ना है। जब हम ऐसा करने में सफल हो जाएँगे, तब सही मायनों में हमारी जीत और भारत की बर्बादी होगी। किसी भी देश में अगर प्रदर्शन, दंगे और धरनों को बढ़ाना है तो सबसे पहले समाज को देश की सरकार, संविधान और कानून व्यवस्था के खिलाफ खड़ा करना होगा, ताकि उन्हें यह एहसास हो सके कि हक माँगने से नहीं, बल्कि छीनने से मिलेगा और जब ऐसी मानसिकता पैदा होगी, तभी जनता सड़कों पर उतरेगी।" चीनी ने कहा।

"समाज को सरकार के खिलाफ भड़काना कोई बड़ी बात नहीं। पर हम कैसे भारत की जनता को देश के संविधान और कानून व्यवस्था के खिलाफ खड़ा करेंगे? क्या ऐसा होना मुमकिन होगा?" पॉलिटिशियन ने फिर एक और प्रश्न दाग दिया।

यह सुन चीनी मुसकरा दिया। ऐसा लग रहा था कि मानो चीनी पहले से ही इन सब सवालों से परिचित था, तभी बिना देरी किए वो सभी सवालों के उत्तर दिए जा रहा था। जहाँ एक ओर तो सभी योजना की तारीफ कर रहे थे तो दूसरी और चीनी के प्रजेंस ऑफ माइंड की भी तारीफ करते हुए नहीं थक रहे थे। तभी चीनी कहता है—

"जनाब, अगर हम सभी बताए गए चरणों को नियमीत रूप से करने में सफल होंगे तो ऐसा तो हम बहुत आसानी से कर सकते हैं, क्योंकि जब हम देश की सामाजिक व्यवस्था में व्याप्त आरक्षण व कानून व्यवस्था जैसे कुछ मुद्दों को छेड़ेंगे तो समाज का एक बड़ा वर्ग संविधान के खिलाफ सड़कों पर उतर जाएगा। जिसके परिणामस्वरूप, देश की न्याय व्यवस्था को हस्तक्षेप करते हुए कुछ फैसले लेने पड़ेंगे। अगर ये फैसले प्रदर्शनकारी के समर्थन में हों तो दूसरा पक्ष कानून व्यवस्था के खिलाफ प्रदर्शन करेगा और अगर दूसरे पक्ष के समर्थन में हो तो पहला पक्ष अपने प्रदर्शन को कानून व्यवस्था के खिलाफ उग्र कर देगा।"

"मतलब हम भारत की जनता को ऐसा जहर पिलाने वाले हैं, जिसका इलाज संभव नहीं।" पॉलिटिशियन ने जोर-जोर से हँसते हुए कहा और देखते-ही-देखते चारों ओर हँसी के ठहाके गूँज उठते हैं।

"आप लोगों को अगर यहाँ कोई भी दुविधा हो तो हमसे बोल सकता है। हम कोशिश करेंगे कि आपके मन में इस 'ऑपरेशन रिमोट' के लिए कोई संदेह न रहे, ताकि जब हम इसे शुरू करें तो सभी को अपना-अपना टारगेट स्पष्ट रहे।" चीनी ने सबकी ओर देखते हुए कहा।

इस पर सभी उत्साहपूर्वक कहते हैं, "जी नहीं, हमें अब योजना को लेकर कोई भी संदेह नहीं है।"

"हम तो यह सोच रहे हैं कि हम इस कार्य को आज से ही क्यों नहीं शुरू कर देते, क्योंकि हम बहुत उत्सुक हैं भारत को चोट पहुँचाने के लिए।" पाकिस्तानी ने अतिशीघ्रता दिखाते हुए सबसे अलग जवाब दिया।

चीनी कहता है, "जरूर-जरूर, हम जल्द ही इस योजना को शुरू करेंगे। पर अभी तो हमें इस योजना से संबंधित और भी बहुत कुछ जानना

है, जो आपके लिए अतिआवश्यक भी है। इसलिए अगर अधूरी जानकारी के साथ इस जंग में उतरोगे तो कहीं पासा उलटा न पड़ जाए, इसलिए हमें भारत को चारों तरफ से घेरना जरूरी होगा; जिससे उसे सँभलने का मौका भी न मिले। (व्यंग्यात्मक तरीके से) वैसे हम आपकी उत्सुकता समझ सकते हैं कि क्यों आप इतने उत्सुक हैं। क्योंकि इन दिनों सबसे ज्यादा दर्द आपको ही मिला है भारत के हाथों, भला सर्जिकल स्ट्राइक को कौन भूल सकता है।"

जिसे सुन सभी पाकिस्तानी की ओर देखकर हँसने लगते हैं, जिससे पाकिस्तानी थोड़ा परेशान होकर झल्लाते हुए कहता है, "आप ऐसे कह रहे हो, जैसे हमें ही नुकसान पहुँचाया है भारत ने। हम डोकलाम और अंतरराष्ट्रीय संबंध के बारे में विस्तार से बोले क्या?"

"अरे जनाब, आप तो गुस्सा हो गए। हमें तो मालूम है कि भारत ने कहीं-न-कहीं सबका ही नुकसान किया है। इसलिए तो इस सम्मेलन का आयोजन किया गया है। हम तो बस मजाक कर रहे थे। और याद रहे, हमें आपस में नहीं, बल्कि भारत के विरुद्ध एक होकर लड़ना है।" चीनी ने मुस्कराते हुए बात दबाते हुए कहा।

"जी जरूर, और इंशाअल्लाह हम अपने मनसूबों में सफल भी होंगे।" पाकिस्तानी ने कहा। जिसे सुन सीरियाई और बांग्लादेशी एक सुर में 'आमीन!' कहते हैं।

चीनी सभी की ओर से योजना को लेकर ऐसा जोश देखकर अत्यंत खुश होते हुए कहता है, "तो इसका मतलब हम सबको यहाँ तक की कार्रवाई एकदम स्पष्ट है। तो हम आगे चलते हैं अपने अगले भाग की ओर। जिस भाग में हम बात करेंगे देश में बन रहे क्षेत्रवाद और प्रांतवाद की।"

"हुजूर, आगे बढ़ने से पहले कुछ चाय-पानी ले लेते तो थोड़ी रिफेरेशमेंट मिल जाती, ताकि हम अगले पार्ट को पूरी एकाग्रता के साथ सुन सकें।" बांग्लादेशी ने कुछ खाने-पीने की इच्छा जाहिर करते हुए कहा।

जिसे सुन सभी एक साथ बांग्लादेशी की ओर देखने लगते हैं, क्योंकि बांग्लादेशी की आवाज सबको बस खाने के वक्त ही सुनाई देती है। चीनी भी बांग्लादेशी को देख थोड़ा हँस जाता है, पर इस बार वो इसे मना करने के मूड

में नहीं दिखता। चीनी मुस्कराते हुए कहता है, "जरूर, शायद हमें एक ब्रेक यहाँ ले ही लेना चाहिए, ताकि हमारे बांग्लादेशी भाई तरोताजा होकर योजना को लेकर अपनी कुछ बहुमूल्य टिप्पणी दे सकें।"

(सभी लोग हँसते हुए ब्रेक के लिए उठते हैं और
कैफेट एरिया की ओर जाते हैं।)

अगला दृश्य

(कैफेट एरिया में सभी प्रकार के पेय प्रदार्थ के स्टॉल लगे होते हैं और कुछ स्नैक्स का भी उचित प्रबंध होता है। सभी लोग अपनी-अपनी इच्छानुसार जूस, चाय व कॉफी इत्यादि लेते हैं और एक बड़ी सी गोल टेबल पर बैठकर ड्रिंक्स पीते हुए बातों का आनंद लेते हैं।)

बांग्लादेशी सिगरेट की डिब्बी अपनी जेब से निकालते हुए पाकिस्तानी की ओर हाथ करते हुए पूछता है, "जनाब! सिगरेट लोगे?"

"नहीं जनाब, मैं सिगरेट बस कभी-कभी लेता हूँ। वैसे इसके लिए आपका धन्यवाद!" पाकिस्तानी जवाब में कहता है।

बांग्लादेशी हाथ पीछे करने ही वाला था कि कोरियाई बीच में ही बोलता है, "पाकिस्तानी भाई ले न ले, पर हमें तो इसकी अभी बहुत जरूरत है।" यह कहते हुए डिब्बी से एक सिगरेट निकाल लेता है और सीरियाई भी इच्छा दिखाते हुए सिगरेट निकालता है।

बांग्लादेशी लाइटर बाहर निकालकर सबकी सिगरेट सुलगाता है और अपनी सिगरेट में एक बड़ा सा कश लेते हुए कहता है, "वैसे अपना तो ऐसा ही है, हम जहाँ भी जाते हैं, दूसरों के मजे हो ही जाते हैं। (कोरियाई और सीरियाई को देखते हुए) जनाब, जो सिगरेट आप लोग पी रहे हो, वो सरलता से कहीं मिलती नहीं है, काफी महँगी सिगरेट में से है। पता है, यह काफी इंपोर्टेड ब्रांड है।"

बांग्लादेशी के मुँह से यह सुनने के बाद मन-ही-मन सीरियाई और कोरियाई सोचते हैं कि शायद सिगरेट लेकर बहुत बड़ी गलती कर दी। तभी

कोरियाई सिगरेट की डिब्बी को ध्यान से देखते हुए कहता है, "जनाब! जिसे आप इंपोर्टेड ब्रांड कह रहे हो, उसकी डिब्बी पर तो 'मेड इन बांग्लादेश' लिखा है।" यह कहते ही हँस देता है और उसके साथ बाकी लोग भी हँसने लगते हैं।

तभी एक पॉलिटिशियन बड़े ही व्यंग्यात्मक तरीके से कहता है, "सही तो कह रहे हैं हमारे बांग्लादेशी भाई, बांग्लादेश से आया प्रोडक्ट हमारे लिए तो इंपोर्टेड ही हुआ।" यह सुनते ही सभी जोर-जोर से हँसने लगते हैं।

बांग्लादेशी भौंहों को सिकोड़ते हुए कहता है, "इसमें हँसने की क्या बात है, आपको मालूम नहीं, यह बांग्लादेश की सबसे महँगी सिगरेट है और खास भी।"

कोरियाई भी चुटकी लेते हुए कहता है, "जनाब, हमारे लिए तो आप भी खास ही हो, मतलब बांग्लादेश के इंपोर्टेड प्रोडक्ट।" यह सुनते ही सभी जोर-जोर से हँसने लगते हैं और बांग्लादेशी उस कोरियाई को ऐसे देखता है, जैसे खा ही जाएगा।

(ड्रिंक्स के बाद सभी हँसते-हँसते
सम्मेलन कक्ष की ओर पुनः निकल जाते हैं)

अगला दृश्य

ब्रेक के बाद सभी पुनः सम्मेलन कक्ष में पहुँच जाते हैं और अपनी-अपनी कुर्सी को पकड़कर बैठते हैं। फिर चीनी अपनी प्रेजेंटेशन स्क्रीन की ओर खड़े होकर कहता है—

"अब हम आते हैं अपने अंतिम भाग पर, जो बेहद खास है। इस भाग में हम बात करेंगे देश में बन रहे क्षेत्रवाद एवं प्रांतवाद की। यह भी हमारे 'ऑपरेशन रिमोट' का एक महत्त्वपूर्ण भाग है, जिसे जाने बगैर हमारी तैयारी अधूरी ही रहेगी। क्षेत्रवाद नामक इस हथियार का इस्तेमाल कर हम किसी भी राष्ट्र को छोटे-छोटे भाग में आसानी से बाँट सकते हैं, क्योंकि अब तक पिछले भाग में हम केवल भारत की एकता में दरार डालकर उन्हें अलग-

अलग भाग में विभाजित कर रहे थे। (एक बड़ी मुसकराहट के साथ) किंतु क्षेत्रवाद का इस्तेमाल करके हम पूरे भारत को ही अलग-अलग भाग में विभाजित कर दुनिया के मानचित्र पर इसका नक्शा ही बदल सकते हैं।

"माफ करना, पर यह क्षेत्रवाद होता क्या है और इसके लिए हमें क्या करना होगा?" पाकिस्तानी ने सवालों की बौछार करते हुए कहा।

इस पर चीनी बड़ी सी मुसकराहट के साथ कहता है, "अब तक हम देश को धर्म के नाम पर और जात के नाम पर विभाजित कर रहे थे। पर क्षेत्रवाद का इस्तेमाल कर हम भारत को कई क्षेत्रों में विभाजित कर सकते हैं, जैसे—बिहारी, पंजाबी, जाट, गुर्जर, पहाड़ी, उत्तर एवं दक्षिण भारतीय इत्यादि। जिससे उनकी आपसी एकता पूरी तरह से समाप्त हो जाएगी और देश भी छोटे-छोटे भागों में बँट जाएगा। क्षेत्रवाद को समझने के लिए हमें इसे विस्तार से जानना होगा। आइए, आपको इस प्रेजेंटेशन के माध्यम से थोड़ा विस्तार में समझाता हूँ।"

(यह कहते हुए चीनी का प्रेजेंटेशन स्क्रीन की ओर घूमना और स्क्रीन को खोलना)

□

भारत में क्षेत्रवाद एवं प्रांतवाद

क्षेत्रवाद, जिसे प्रांतवाद भी कहा जाता है, हमारी योजना का एक खतरनाक हथियार है, जिसके माध्यम से भारत को न केवल सामाजिक और आर्थिक रूप से हानि पहुँचा सकते हैं, अपितु हम भारत की अखंडता पर भी प्रहार कर उसके छोटे-छोटे टुकड़े कर सकते हैं।

भारत कई छोटे-बड़े राज्य, प्रदेश और क्षेत्र का समूह है। भौगोलिक दृष्टि से भारत बहुत विशेष है, यहाँ पर्वत, समुद्र, मरुस्थल, नदियाँ और वन आदि कई प्रकार की विभिन्नताएँ विद्यमान हैं। 'ऑपरेशन रिमोट' की सहायता से इन्हीं विभिन्नताओं का फायदा उठाकर, भारत में क्षेत्रवाद व प्रांतवाद का बीज आसानी से बोया जा सकता हैं। उससे पूर्व हमें क्षेत्रवाद को समझना होगा कि आखिर यह क्षेत्रवाद क्या है ?

क्षेत्रवाद एक ऐसी विचारधारा है, जो किसी विशेष क्षेत्र, क्षेत्रों के समूह या अन्य उप-व्यावसायिक इकाई के आदर्शवादी हितों पर केंद्रित है। क्षेत्रवाद के अंतर्गत कोई इंसान राष्ट्र से ज्यादा अपने क्षेत्र, राज्य व प्रांत को महत्त्व देता है। क्षेत्रवाद ने इतिहास में बड़े-बड़े संघर्षों तथा हिंसक आंदोलनों को जन्म दिया है। क्षेत्रवाद में संघर्ष, विरोध तथा घृणा का आधार एक विशेष क्षेत्र के प्रति वहाँ के निवासियों की अंध-भक्ति का होना है। यही वह दशा है, जिसे राष्ट्रीय एकीकरण के लिए एक बड़ा खतरा माना जाता है।

कोई भी मनुष्य जहाँ जन्म लेता है तथा जहाँ अपना जीवन व्यतीत करता है, उस स्थान के प्रति उसका लगाव होना स्वाभाविक है। ऐसी स्थिति में उसके द्वारा अपने क्षेत्र-विशेष को आर्थिक, सामाजिक, सांस्कृतिक एवं

राजनीतिक दृष्टि से सशक्त और उन्नत बनाना विकास प्रक्रिया का एक स्वाभाविक एवं अभिन्न अंग हो सकता है, लेकिन जब यह भावना एवं लगाव अपने ही क्षेत्र विशेष तक सिमटकर अत्यंत संकीर्ण रूप धारण कर लेते हैं, तब क्षेत्रवाद की समस्या उत्पन्न होती है। केवल अपने ही क्षेत्र विशेष में सुविधाओं की इच्छा के कारण यह अवधारणा नकारात्मक बन जाती है। इससे क्षेत्र बनाम राष्ट्र की परिस्थितियाँ उत्पन्न होती हैं। क्षेत्रीयता, राष्ट्रीय एकता के मार्ग में बहुत बड़ी बाधा है, क्योंकि क्षेत्रवाद से ग्रस्त निवासी अपने क्षेत्र को अन्यों से विशिष्ट मानते हुए उचित-अनुचित तरीके से विकास की माँग करते हैं एवं अपने क्षेत्र में आने वाले दूसरे राज्यों के नागरिकों के प्रति द्वेषपूर्ण भावना रखते हैं।

भारत एक विविधतापूर्ण देश है। इसके विभिन्न भागों में भौगोलिक अवस्थाओं, निवासियों और उनकी संस्कृतियों में काफी अंतर हैं, लेकिन क्षेत्र, जनसंख्या और मानव-सांस्कृतिक कारकों में विविधता के बावजूद इसकी एकता काफी मजबूत है। इस अध्याय में हम 'ऑपरेशन रिमोट' की योजना के अनुसार, भारत की जनता की मानसिकता को बदलकर उन्हें क्षेत्रवाद के लिए प्रेरित करेंगे, ताकि भारत में क्षेत्र बनाम राष्ट्र की स्थिति पैदा की जा सके।

क्षेत्रवाद को बढ़ावा देने के लिए ऐसे अनेक कारण होते हैं, जिन्हें इसके उदय के लिए महत्त्वपूर्ण माना जाता रहा है, इनमें से कुछ निम्नलिखित हैं—

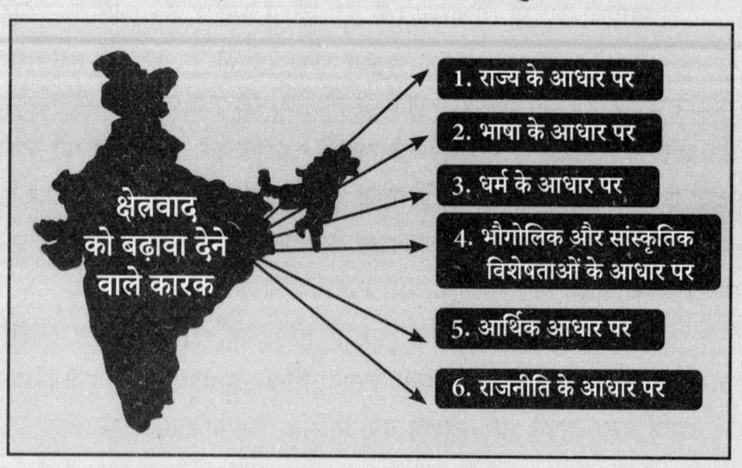

1 . राज्य के आधार पर

वर्तमान में भारत 28 राज्यों तथा 8 केंद्रशासित प्रदेशों में बँटा हुआ है। विभिन्न राज्यों का होना भी क्षेत्रवाद का एक कारण है, अपितु राज्यों के विभाजन से किसी भी राष्ट्र के विकास की गति में तीव्रता आती है। पर यह भी एक सत्य है कि राज्य विभाजन तुम्हें अन्य राज्यों से अलग कर हमें एक अलग पहचान देता है। जो तुम्हें भावनात्मक रूप से किसी राज्य से जोड़े रखता है और अन्य राज्य से अलग करता है। किसी राज्य के प्रति यही भावनात्मक जुड़ाव व्यक्ति को क्षेत्रवाद की ओर अग्रसर करता है।

2. भाषा के आधार पर

अपनी-अपनी भाषा से प्रत्येक इंसान का भावनात्मक जुड़ाव रहता है, जो इन्हें औरों से पृथक् भी करता है। भारत एक ऐसा देश है, जहाँ अनेक भाषा के लोग एक साथ बड़ी एकता से रहते हैं। हिंदी और अंग्रेजी के इलावा संविधान की आठवीं अनुसूची में 20 अन्य भाषाओं का वर्णन है, जिन्हें भारत में आधिकारिक कामकाज में इस्तेमाल किया जा सकता है। भाषा किसी समाज को अलग-अलग बाँटने का एक आधार भी होता है, क्योंकि अलग-अलग भाषाई आधार पर लोगों को एकीकृत करना या फिर किसी क्षेत्र का गठन करना क्षेत्रवाद को बढ़ावा देने वाले कारणों में से एक है। भाषा के हित के माध्यम से क्षेत्रीय संघर्ष को बढ़ावा दिया जा सकता है।

3 . धर्म के आधार पर

यह क्षेत्रवाद के प्रमुख कारकों में से एक है। विभिन्न राजनीतिक पार्टियों द्वारा धर्म का राजनीतिकरण कर लोगों से क्षेत्रीय विकास के वादे किए जाते हैं। जो कि देश की क्षेत्रीय अखंडता एवं संप्रभुता के लिए हानिकारक बनते हैं। जब किसी धर्म विशेष समुदाय की बहुलता किसी राज्य में बढ़ती है तो वहाँ क्षेत्रवाद जैसी समस्याएँ भी बढ़ती हैं। वर्तमान भारत में कश्मीर और केरल इसके प्रत्यक्ष उदाहरण हैं, जहाँ क्षेत्रवाद की स्थिति प्रबल होती देखी जा सकती है।

एक दूसरे उदाहरण के अनुसार पाकिस्तान और बांग्लादेश को भारत से धर्म के आधार पर ही तोड़ा गया। जहाँ भारत को न केवल सामाजिक व आर्थिक स्तर पर बाँटा गया, अपितु भारत के क्षेत्रीय स्तर पर भी टुकड़े किए गए। पीछे के अध्याय में इस संदर्भ में विस्तार से जानकारी हमने पहले ही आप तक पहुँचा दी है।

4 . भौगोलिक और सांस्कृतिक विशेषताओं के आधार पर

भौगोलिक और सांस्कृतिक विशेषताएँ क्षेत्रवाद की भावना बढ़ने के सबसे बड़े कारकों में से एक है। भारत की भौगोलिक संरचना में लगभग सभी प्रकार के स्थलरूप पाए जाते हैं। भारत एक उपमहाद्वीप की तरह है। जो तीन दिशाओं से महासागर से घिरा हुआ है तो एक ओर से ऊँचे-ऊँचे पहाड़ों से। मिट्टी, वनस्पति और प्राकृतिक संसाधनों की दृष्टि से भी भारत में काफी भौगोलिक विविधता है और यहाँ लगभग हर प्रकार की जलवायु भी पाई जाती है। यहाँ की नृजातीय विविधता और जनसंख्या के असमान वितरण ने एक साथ मिलकर इसे आर्थिक, सामाजिक और सांस्कृतिक विविधता प्रदान की है। हम अपनी योजना के माध्यम से इन्हीं विविधताओं का फायदा उठाकर क्षेत्रीय संघर्ष को आसानी से बढ़ावा दे सकते हैं।

भौगोलिक और सांस्कृतिक विशेषताओं के आधार पर भारत मुख्यत: 6 भागों में बँटा हुआ है : उत्तर भारत, दक्षिण भारत, उत्तर-पूर्व भारत, पश्चिमी भारत, पूर्वी भारत, मध्य भारत। प्रत्येक की भौगोलिक संरचना, भाषाएँ व संस्कृति एक-दूसरे से भिन्न हैं, जो इन्हें क्षेत्रवाद की ओर अग्रसर करेगा।

5. आर्थिक के आधार पर

किसी राष्ट्र में क्षेत्र की आर्थिक स्थिति क्षेत्रवाद के प्रमुख कारकों में से एक होती है, क्योंकि सामाजिक-आर्थिक विकास के असमान पैटर्न ही क्षेत्रीय विषमताएँ पैदा करते हैं, जिससे क्षेत्रीय संघर्ष को बढ़ावा मिलता है। ये सामाजिक व आर्थिक आधार पर राज्यों के वर्गीकरण और उप-वर्गीकरण ही सरकार के खिलाफ नाराजगी पैदा करते हैं। भारत में हमें स्मार्ट सिटी के तहत

कई विकसित क्षेत्र आसानी से दिख जाएँगे तो वहीं कई क्षेत्र ऐसे भी दिखते हैं, जो आज भी मूलभूत सुविधाओं (जैसे : सड़क, बिजली, पानी व सीवेज इत्यादि) से वंचित हैं। हमें ऐसे ही कुछ क्षेत्रों को अंकित कर क्षेत्रवाद की स्थिति पैदा कर उन्हें संघर्ष के लिए प्रेरित करना होगा।

6. राजनीति के आधार पर

क्षेत्रवाद को बढ़ावा देने में राजनीति को भी एक महत्त्वपूर्ण कारक के रूप में देखा जाता है। यदि राजनीतिक दृष्टि से देखा जाए तो किसी राष्ट्र में क्षेत्रवाद की समस्या को बल राजनीतिज्ञों द्वारा ही मिलता है। कभी-कभी, क्षेत्रीय दल राष्ट्रीय हितों की उपेक्षा करते हैं और केवल क्षेत्रीय हित को बढ़ावा देते हैं, जिस कारण क्षेत्रवाद की समस्या को भी बढ़ावा मिलता है। इसी राजनीतिक आधार के माध्यम से हम भारत की जनता को संघर्ष, प्रदर्शन व दंगों के लिए आसानी से प्रेरित कर सकते हैं।

चीनी प्रेजेंटेशन स्क्रीन को बंद करके अपनी कुर्सी पर बैठते हुए कहता है, "तो यह था क्षेत्रवाद और उसके कुछ कारक, हमें इसी क्षेत्रवाद रूपी हथियार का इस्तेमाल कर 'ऑपरेशन रिमोट' के माध्यम से भारत के टुकड़े-टुकड़े करके उसे कई भागों में बाँटना है, जिससे भारत की जनता अपने को भारतीय होने से पहले बिहारी, मराठी, गुजराती, जाट व गुर्जर कहलाना पसंद करें, ताकि एक ओर भारत सांप्रदायिक और जातिवाद नामक दंगों की आग में जलता रहे और दूसरी तरफ उसके कई छोटे-छोटे टुकड़े होते रहें। जिसमें हमारा साथ देगी भारत की ही जनता, जिससे निपट पाना भारत की सरकार के लिए लगभग असंभव-सा होगा।"

"जनाब, पर कैसे हम भारत की जनता के हाथों ही भारत को कई छोटे-छोटे भागों में विभाजित करेंगे? कृपया विस्तार से बताएँ, ताकि हमें भी ज्ञात हो कि हम भारत को कहाँ-कहाँ और कैसे चोट पहुँचा सकते हैं?" सीरियाई ने आँखें बड़ी करते हुए दाँतों को पीसते हुए कहा।

"जनाब, इस हथियार को भी हम ठीक पिछले भागों की तरह ही इस्तेमाल करेंगे। यहाँ फर्क बस इतना ही होगा कि पिछले दोनों अध्याय में हम भारत की जनता को तोड़ रहे थे, पर यहाँ न केवल देश की जनता को तोड़ेंगे, बल्कि देश के भी टुकड़े करेंगे। जिससे भारत की जनता का विश्वास देश की सरकार से, संविधान से, कानून से व आर्मी से भी खत्म होता चला जाएगा।" चीनी ने कहा।

"मतलब, हमें यहाँ भी एक अलग आई.टी. सेल की जरूरत होगी?" पाकिस्तानी ने तपाक से बीच में ही टोकते हुए कहा।

"जी हाँ, किसी भी प्रकार के भ्रम से बचने के लिए हमें यहाँ भी एक अलग आई.टी. सेल की जरूरत होगी, ताकि हम प्रत्येक हथियारों का इस्तेमाल बिना किसी रुकावट के एक नियमित चरणों द्वारा पूरा कर सकें।" चीनी ने स्पष्ट शब्दों में कहा।

"जनाब, हमें पूरा प्लान विस्तार से बताएँ कि हम 'ऑपरेशन रिमोट' का यहाँ कैसे इस्तेमाल करेंगे?" सीरियाई ने चीनी से अनुरोध करते हुए कहा।

जिसे सुन चीनी बिना विलंब करे अपनी कुर्सी से उठकर प्रेजेंटेशन स्क्रीन की ओर जाते हुए कहता है, "तो आइए, हम आपको बताते हैं कि कैसे हम 'ऑपरेशन रिमोट' के माध्यम से इस क्षेत्रवाद रूपी हथियार का इस्तेमाल कर भारत को तबाह करेंगे।"

(प्रेजेंटेशन स्क्रीन का खुलना)

□

भारत में क्षेत्रवाद के माध्यम से ‘ऑपरेशन रिमोट’ का प्रहार

इस प्रेजेंटेशन स्लाइड के द्वारा हम जानेंगे कि कैसे हम सोशल मीडिया इस्तेमाल कर ‘ऑपरेशन रिमोट’ के माध्यम से भारत में क्षेत्रवाद की समस्या को बल देकर देश की सामाजिक एकता, अखंडता और संप्रभुता को खत्म कर देश को दंगे और प्रदर्शन की आग में जला देंगे और साथ-ही-साथ देश की जनता का विश्वास देश के संविधान, कानून व्यवस्था और आर्मी से तोड़ देंगे।

हमें इस कार्य को इसके अंजाम तक पहुँचाने के लिए ‘ऑपरेशन रिमोट’ को एक योजनानुसार चलाना होगा, ताकि हम देश की जनता को अपने साथ जोड़कर भारत के खिलाफ अपने युद्ध को आक्रामक रूप दे सकें। हमें इस सोशल मीडिया युद्ध को निम्नलिखित चरणों में पूरा करना होगा—

1. अलग आई.टी. सेल बनाना।
2. विभिन्न क्षेत्र, संस्कृति व राज्यों के आधार पर पेज, ग्रुप और यूजर्स बनाना।
3. क्षेत्र व राज्यों का इतिहास।
4. भौगोलिक विशेषताओं का महिमामंडन।
5. संस्कृति व भाषा की विशेषताओं का महिमामंडन।
6. भारत की समृद्धि में क्षेत्र का योगदान।

7. क्षेत्र का आर्थिक आधार व मूलभूत सुविधाओं में पिछड़ापन।
8. राजनीति का माध्यम, पर योजनाओं से वंचित।
9. अलग राज्य के दर्जे की माँग।

1 चरण अलग आई.टी. सेल बनाना

किसी भी भ्रम की स्थिति से बचने के लिए हमें पिछले अध्यायों की तरह ही इस भाग में भी नए आई.टी. सेल बनाने की जरूरत होगी और पहले की ही भाँति हमें यहाँ भी कुछ कर्मचारी अपने इस आई.टी. सेल में जोड़ने होंगे, जिन्हें आप मासिक वेतन पर नियुक्त कर सकते हो। जो सोशल मीडिया पर क्षेत्रवाद संबंधित पेज, ग्रुप व यूजर्स बनाते रहें, पोस्ट अपडेट करते रहें, कमेंट और मैसेजेस का रिप्लाई देते रहें। उनके डेली टास्क निर्धारित करना हमारी ही जिम्मेवारी होगी कि उन्हें किस प्लान के तहत पोस्ट अपडेट करनी है।

2 चरण विभिन्न क्षेत्र, संस्कृति व राज्यों के आधार पर पेज, ग्रुप और यूजर्स बनाना

हमें हर क्षेत्र, भाषा व संस्कृति के आधार पर अलग-अलग पेज एवं ग्रुप बनाने होंगे। जैसे : देवभूमि उत्तराखंड, एक बिहारी सब पर भारी, मराठा सैनिक, साउथ इंडियन कल्चर, राजस्थानी सेना, MP हमारी शान, पूर्वोत्तर भारत श्रेष्ठ भारत, जाट सैनिक इत्यादि नामों से हम पेज व ग्रुप बना सकते हैं।

ध्यान रहे कि पेज व ग्रुप के नाम ऐसे होने चाहिए, जो प्रत्येक क्षेत्र की शक्ति व महानता का एहसास करवाएँ, जिससे कोई भी क्षेत्र विशेष के लोग आसानी से जुड़ना पसंद करें, क्योंकि हमारा पेज व ग्रुप का नाम ही हमें जनता से जोड़ने में सर्वप्रथम मदद करेगा, इसलिए इसका नाम जनता की भावनाओं और आस्थाओं के साथ जुड़ा होना बहुत महत्त्वपूर्ण है।

उसके बाद, पहले की ही भाँति हमें कुछ फेक यूजर्स भी सोशल

मीडिया पर बनाने होंगे, जो हमारे पेज व ग्रुप को सर्वप्रथम लाइक व कमेंट करें, ताकि उस क्षेत्र से जुड़े लोग आकर्षित हो सकें। इसलिए समाज के हर हिस्से से जुड़ने के लिए हमें सर्वप्रथम फेक यूजर्स व Ad-Campaign का सहारा लेना होगा, ताकि हम अधिक-से-अधिक लोगों तक जुड़ सकें।

3 चरण क्षेत्र व राज्यों का इतिहास

इस चरण में हम बात करेंगे क्षेत्र व राज्यों के इतिहास की, हर व्यक्ति अपने क्षेत्र से जन्म लेने के कारण भावनात्मक रूप से जुड़ा होता है। उस क्षेत्र से उसके बचपन की खट्टी-मीठी यादें रहती हैं, जो उसे हमेशा अपनी ओर आकर्षित करती हैं और वो अपने क्षेत्र को अच्छे से जानने के लिए हमेशा जिज्ञासु रहता है।

जब हम अपने पेज व ग्रुप में किसी क्षेत्र विशेष के इतिहास के संबंधित पोस्ट डालते हैं तो वो जिज्ञासावश अपने आप हमारे पेज व ग्रुप की ओर खिंचा चला आएगा और हमसे जुड़ना पसंद करेगा। कुछ लोग चाहते हैं कि उन्हें अपने क्षेत्र की थोड़ी बहुत जानकारी हो, ताकि वे अपनी यह जानकारी अपने बच्चों व जानकार लोगों तक साझा कर सकें और जब उन्हें यह जानकारी हमारी सोशल मीडिया पेज व ग्रुप से मिलने लगेगी तो वो भी हमसे जुड़ने के लिए अपने आप को रोक नहीं सकेंगे। याद रहे, हमें इस चरण में कोई भी नकारात्मक पोस्ट नहीं करनी है, क्योंकि इस चरण में हमारा उद्देश्य केवल भारत की ज्यादा-से-ज्यादा जनता को अपने साथ जोड़ना है। इसलिए, हमें इस चरण में केवल और केवल ज्ञानवर्धक पोस्ट ही करनी है, ताकि भारत की सोशल मीडिया से जुड़ी जनता हमसे जुड़ सके।

4 चरण भौगोलिक विशेषताओं का महिमामंडन

इस चरण में हम क्षेत्र व राज्य की भौगोलिक विशेषताओं का महिमामंडन करेंगे, ताकि भारत की सोशल मीडिया से जुड़ी जनता हमारी पोस्ट व मीम्स से आकर्षित होकर हमसे अधिक-से-अधिक संख्या में जुड़ सके। ध्यान रहे, हमारा यह 'ऑपरेशन रिमोट' तभी हमारे मनसूबों को सफल कर पाएगा, जब हमसे भारत की अधिकांश जनता जुड़ जाएगी। इसलिए, हमारा पहला लक्ष्य केवल और केवल भारत की सोशल मीडिया से जुड़ी अधिकांश जनता को अपने साथ जोड़ने का होगा।

भारत का हर क्षेत्र व राज्य की अपनी कुछ भौगोलिक विशेषताएँ हैं, जैसे—

- एक ओर इसके उत्तर में विशाल हिमालय की पर्वतमालाएँ हैं तो दूसरी ओर दक्षिण में समुद्र तटीय भाग भी हैं।
- एक ओर ऊँचा-नीचा और कटा-फटा दक्कन का पठार है तो दूसरी ओर विशाल और समतल सिंधु-गंगा-ब्रह्मपुत्र का मैदान भी है।
- एक ओर थार के विस्तृत मरुस्थल हैं तो दूसरी ओर विशाल वन संपदाएँ भी हैं।
- भारत का उत्तरी क्षेत्र कृषि के लिए सर्वश्रेष्ठ है तो वहीं दक्षिणी क्षेत्र मत्स्य उद्योग में अग्रणी है।
- मिट्टी, वनस्पति और प्राकृतिक संसाधनों की दृष्टि से भी भारत में काफी भौगोलिक विविधताएँ हैं।
- कोई क्षेत्र अपनी अनूठी संस्कृति, हस्तशिल्प और मार्शल आर्ट के लिए जाने जाते हैं तो कोई क्षेत्र अपनी ऐतिहासिक व प्राकृतिक सुंदरता के लिए जाने जाते हैं।
- कोई राज्य आर्थिक दृष्टि से संपन्न है तो कोई राज्य प्राकृतिक संपदाओं से संपन्न है।

हमें बस इन्हीं विशेषताओं का इस्तेमाल करके हर क्षेत्र का

महिमामंडन उनके निर्धारित पेज व ग्रुप में करना है, ताकि हर क्षेत्रवासी गौरवान्वित होकर हमसे जुड़े और हमारी पोस्ट व मीम्स को औरों के साथ व्हाट्सएप तथा अन्य सोशल मीडिया एप के माध्यम से साझा कर सके, जिसके परिणामस्वरूप अन्य लोग भी हमारे पेज व ग्रुप से परिचित हो सके और हमसे जुड़ सके।

5 चरण संस्कृति व भाषा की विशेषताओं का महिमामंडन

इस चरण में हमको अपनी पोस्ट व मीम्स के माध्यम से संस्कृति व भाषा की विशेषताओं का महिमामंडन करना होगा। भारत एक विविधताओं से भरा हुआ देश है। जहाँ अनेक संस्कृति व भाषा के लोग विद्यमान हैं, जैसे—उत्तराखंड, दक्षिण भारत, महाराष्ट्र, बिहार, यू.पी., हरियाणा इत्यादि। सभी की वेशभूषा, भाषा व रीति-रिवाज अलग-अलग हैं। हमें उनके संबंधित ग्रुप में उनकी वेशभूषा, रीति-रिवाज, भाषा व पूजा पद्धति का महिमामंडन करना है, ताकि वे सब हमसे भावनात्मक रूप से जुड़ सकें।

हर व्यक्ति अपनी संस्कृति के माध्यम से ही अपने क्षेत्र व समाज के साथ जुड़ा होता है। वास्तव में संस्कृति किसी समाज में गहराई तक व्याप्त गुणों के समग्र स्वरूप का नाम है, जो उस समाज के सोचने, विचारने, कार्य करने के स्वरूप में अंतर्निहित होता है और भाषा किसी व्यक्ति, समाज, संस्कृति या राष्ट्र की पहचान होती है, जिसे मातृभाषा भी कहा जाता है। मातृभाषा ही परंपराओं और संस्कृति से जोड़े रखने की एकमात्र कड़ी है।

प्रत्येक व्यक्ति अपनी संस्कृति एवं भाषा से भावनात्मक रूप से जुड़ा रहता है। इसी कारण वो अपनी वेशभूषा, पूजा-पद्धति व रीति-रिवाजों की ओर सदैव आकर्षित रहता है। उसका आकर्षित होना वाजिब भी है, क्योंकि रोजगार आदि कारणों से उसे अपने समाज से अलग होना पड़ता है और वो अपनी संस्कृति व भाषा के माध्यम से ही अपने आप को अपने समाज से जुड़ा हुआ महसूस करता है।

जब हम अपने ग्रुप व पेज में इन्हीं संस्कृति और भाषा का महिमामंडन करेंगे तो उसे एक अपनत्व का एहसास होगा, जिससे वो हमसे जुड़ना पसंद करेगा। वो हमारी पोस्ट व मीम्स को अपने वॉल, व्हाट्सएप ग्रुप और अन्य सोशल मीडिया एप में साझा करके औरों को भी हमसे जोड़ने में मदद करेगा।

6 चरण भारत की समृद्धि में क्षेत्र का योगदान

आशा करते हैं कि पीछे के चरणों का इस्तेमाल करके हमने भारत की सोशल मीडिया से जुड़ी अधिकांश जनता को अपने से भावनात्मक रूप से जोड़ लिया होगा। और अब हमारी सारी जायज या नाजायज पोस्ट व मीम्स को एक अच्छा समर्थन मिलना शुरू हो गया होगा। तब हमें समझ जाना होगा कि हमने भारत के हर क्षेत्रवासी में क्षेत्रवाद नाम का जहर घोल दिया है, जो अब धीरे-धीरे अपना असर दिखाना शुरू कर रहा है।

तो फिर इस चरण में हम बात करेंगे, भारत देश की समृद्धि में उनके क्षेत्र व क्षेत्रवासियों के योगदान की, ताकि हम हर क्षेत्रवासी को यह एहसास करा सकें कि भारत की समृद्धि में उनके क्षेत्र व क्षेत्रवासियों का एक अमिट योगदान रहा है, जैसे : उत्तर भारत कृषि के माध्यम से दक्षिण भारत मत्स्य उद्योग, उत्तराखंड व पंजाब देश की आर्मी के माध्यम से, बिहार महान् राजनीतिज्ञ व IPS-IAS इत्यादि के माध्यम से भारत में अधिक मात्रा में योगदान देते रहे हैं। हमें बस ऐसी ही कुछ बातें अपनी पोस्ट के माध्यम से डालनी हैं, जिससे हर क्षेत्रवासी को लगे कि हमने भारत देश की समृद्धि में अधिक योगदान दिया है। याद रहे, देने की भावना आएगी, तभी लेने की भावना भी जन्म लेगी, जो हमें आगे के चरणों में फायदा पहुँचाएगी।

7 चरण क्षेत्र का आर्थिक आधार व मूलभूत सुविधाओं में पिछड़ापन

इस चरण में हम बात करेंगे, क्षेत्र का आर्थिक आधार व मूलभूत सुविधाओं में पिछड़ेपन की। इस चरण को शुरू करने से पूर्व हमें देखना होगा कि हमारे द्वारा डाली गई पोस्ट को हमसे जुड़े लोग अधिक संख्या में लाइक कर रहे हैं? कमेंट कर रहे हैं? और फॉरवर्ड करके अपनी प्रोफाइल में पोस्ट कर रहे हैं? क्योंकि हमारा यह चरण तब तक शुरू नहीं हो सकता, जब तक हमसे जुड़े लोग हमें लाइक, कमेंट और फॉरवर्ड न करें और जब हमें यह सब मिलना अधिक संख्या में शुरू हो जाए तो हमें समझ जाना है कि हमें अब इस चरण को शुरू करना चाहिए, क्योंकि इसी चरण से हमारे प्लान 'ऑपरेशन रिमोट' का असल मकसद शुरू होगा। हम आशा करते हैं कि पीछे दिए गए चरण का अनुसरण करके हम अपने पेज व ग्रुप में पर्याप्त मात्रा में फॉलोवर इकट्ठा करने में सफल हो जाएँगे।

भारत देश में कई विषमताएँ देखने को आसानी से मिल जाएँगी, कोई राज्य आर्थिक आधार पर समृद्ध है तो कोई राज्य गरीबी रेखा के नीचे, कहीं 24 घंटे फ्री बिजली सुविधाएँ हैं तो कहीं बिजली की कमी और अधिकतर बिजली यूनिट बिल, कई क्षेत्र सभी सुख-सुविधाओं से संपन्न हैं तो कई क्षेत्र ऐसे हैं, जो आज भी मूलभूत सुविधाओं से वंचित हैं, जहाँ आज भी सड़कें, पानी, सीवेज व बिजली इत्यादि नहीं हैं।

हमें इन्हीं सब विषमताओं पर बात करके सभी क्षेत्रवासियों के मन में आक्रोश की भावना को जगाना होगा, ताकि वे सरकार से इन सबके लिए प्रश्न करना शुरू कर दें। साथ-ही-साथ हम अपनी पोस्ट के माध्यम से उन्हें यह भी एहसास करवाएँगे कि उनके क्षेत्र की हक की लड़ाई में कोई दूसरा क्षेत्र व समाज उनका साथ नहीं दे रहा है और इस लड़ाई में वे बिल्कुल अकेले हैं। इसलिए उन्हें अकेले ही सरकार से प्रश्न पूछना है और दबाव डालना है, जिसका फायदा यह होगा कि एक ओर देश में सरकार के खिलाफ अराजकता फैलेगी तो दूसरी ओर उनके मन में अन्य क्षेत्र व समाज के खिलाफ द्वेष भावना उत्पन्न होगी।

"हम सभी जानते हैं कि भारत एक लोकतांत्रिक राष्ट्र है। ये सब प्रश्न तो लोकतांत्रिक राष्ट्र के लिए वरदान साबित हो सकते हैं। कहीं इससे हमारा दाँव उलटा न पड़ जाए?" कोरियाई ने चीनी को बीच में ही टोकते हुए प्रश्न किया।

यह सुनते ही चीनी थोड़ा मुसकराया और वो प्रेजेंटेशन स्क्रीन से मुड़कर गिलास से पानी का एक घूँट पीते हुए कहता है, "शुक्र है, आप लोगों ने कोई प्रश्न तो किया। मुझे लगा, सम्मेलन कक्ष में सब सो तो नहीं रहे।" चीनी की इस बात पर सभी हँसने लगते हैं।

इस पर कोरियाई तपाक से बोलता है, "जनाब, कोई डाउट हो तो प्रश्न भी करें, पर पिछले दो सेशन में इस योजना को इतना तो हम भी समझ चुके हैं। बस यहाँ एक संदेह हुआ कि अगर जनता सरकार से प्रश्न पूछने लगे तो कहीं हमारा दाँव उलटा न पड़ जाए, क्योंकि भारत एक लोकतांत्रिक देश है और ऐसे सवालों से कहीं वो उन्नति की राह पर न अग्रसर हो जाए।"

"जी हाँ, आपका कहना एकदम सत्य है, क्योंकि लोकतंत्र को ऐसे प्रश्नों के जवाब फायदा पहुँचा सकते हैं। पर अगर जवाब ही न सुना जाए तो यही अभिशाप भी बन जाते हैं।" चीनी ने मुस्कराते हुए जवाब दिया।

"मतलब...हम कोई जवाब नहीं सुनेंगे? क्या यह संभव है?" कोरियाई ने भौंहें सिकोड़ते हुए कहा।

"जी हाँ, यह बिल्कुल संभव है। हम अपने चरण के जिस पड़ाव में होंगे, वहाँ जनता आँखें बंद करके हमें समर्थन दे रही होगी। जो हमारी सभी जायज व नाजायज बातों को समर्थन भी दे रही होगी। हम उनके माध्यम से सरकार से प्रश्न जरूर करेंगे, पर जवाब के इच्छुक नहीं होंगे और अगर कोई जवाब आ भी जाए तो उसे अपनी पोस्ट के माध्यम से एक स्वार्थी फैसला घोषित कर देंगे, जिसमें हमारा साथ भारत की ही जनता देगी।" चीनी ने स्पष्ट करते हुए बड़े ही विश्वास से कहा।

यह सुनते ही एक पॉलिटिशियन बीच में ही कहता है, "वाह! यह तो आपने नेताओं वाली बात कह दी। मतलब देश की भोली-भाली जनता को बेवकूफ बनाना होगा।"

"अब आपकी संगत का कुछ तो असर होगा। वैसे हमारे इस चरण के पड़ाव में आप लोगों की हमें सबसे ज्यादा जरूरत रहेगी, क्योंकि जनता को बेवकूफ बनाने का काम आप लोगों से अच्छा भला कौन कर सकता है।" चीनी ने मजे लेते हुए कहा, जिसे सुन पॉलिटिशियन के साथ-साथ सभी लोग हँस पड़ते हैं, फिर चीनी प्रेजेंटेशन स्क्रीन की ओर घूमते हुए आगे का चरण साझा करता है।

8 चरण राजनीति का माध्यम, पर योजनाओं से वंचित

इस चरण में हम प्रत्येक क्षेत्रवासी को यह एहसास करवाएँगे कि उनका क्षेत्र केवल और केवल राजनीति का माध्यम है, जो वोट बैंक की राजनीति के लिए इस्तेमाल किया जा रहा है। हम दूसरे समृद्ध क्षेत्र का उदाहरण देकर अपनी पोस्ट के माध्यम से अपने संबंधित क्षेत्र को कई योजनाओं से वंचित घोषित कर देंगे, ताकि प्रत्येक क्षेत्रवासियों में सरकार के विरुद्ध आक्रोश की भावना बढ़ती चली जाए।

हमें अपनी पोस्ट और मीम्स के माध्यम से सरकार पर कटाक्ष करना होगा और अपने क्षेत्र की अधिक समृद्ध क्षेत्र से तुलना करके पिछड़ा क्षेत्र होने का एहसास प्रत्येक क्षेत्रवासी को करवाना होगा, जिससे उनके अंदर क्षेत्रवाद की भावना आए और वे अपने क्षेत्र को अपने देश से अधिक महत्त्व दें, जिससे क्षेत्र बनाम राष्ट्र की स्थिति पैदा होगी और वे अपने ही देश को गाली देने व हानि पहुँचाने में जरा भी नहीं हिचकेंगे।

9 चरण अलग राज्य के दर्जे की माँग

अब तक पीछे के चरणों का अनुसरण करके हम सोशल मीडिया से जुड़ी भारत की जनता को क्षेत्रवाद नाम के दलदल में ऐसे फँसा देंगे कि वो लोग क्षेत्र हित को राष्ट्र हित से सर्वोपरि समझेंगे और भारत में तब क्षेत्र बनाम राष्ट्र की स्थिति मजबूत हो जाएगी। तब आएँगे हम अपने अंतिम चरण में, जो बेहद खास है, इसमें हम अपनी पोस्ट के माध्यम से सरकार

से अलग राज्य के दर्जे की माँग करने का प्रयास करेंगे। इस चरण के द्वारा हम देश की अखंडता पर ऐसा प्रहार करेंगे, जिससे वो कई टुकड़ों में विभाजित हो जाएगा।

भारत में कई केंद्र शासित प्रदेश हैं तो कई क्षेत्र ऐसे हैं, जो मूलभूत सुविधाओं की योजनाओं से भी वंचित हैं। हम सर्वप्रथम ऐसे ही क्षेत्र को अंकित कर लक्षित करेंगे, जिससे वे आसानी से भड़क सकें। इस चरण का असर सोशल मीडिया से होते हुए सड़क तक दिखाई देगा। हमें कई प्रदर्शनों का भी संचालन करना होगा और जरूरत पड़ने पर भीड़ को दंगों का रूप देकर अपने कार्य को सही अंजाम तक पहुँचाना होगा। और जब इन दंगों और उग्र प्रदर्शन को काबू करने के लिए भारतीय सेना हस्तक्षेप करे, तब हमें अपनी पोस्ट के माध्यम से उन्हें सरकार की कठपुतली साबित कर उनकी गरिमा में भी एक सवालिया निशान उठाना होगा, ताकि देश की जनता का विश्वास देश की आर्मी से डगमगा जाए।

पिछले अध्याय की तरह ही यहाँ भी हमें अपने पॉलिटिशियन भाइयों की जरूरत होगी, जो प्रदर्शन का संचालन कर उसे सही दिशा दे सकें। जो एक ओर देश की मीडिया को भ्रष्ट साबित करने की कोशिश करेंगे तो दूसरी ओर देश के संविधान, कानून व्यवस्था और आर्मी को निशाना बनाएँगे, ताकि भारत की जनता के मन में देश के सभी चारों स्तंभों से विश्वास पूरी तरह टूट जाए और वे आक्रोश वश अपने ही देश को तबाह करने में न चूकें।

चीनी प्रेजेंटेशन स्लाइड को बंद करता है और मुस्कराकर अपने पॉलिटिशियन भाइयों को देखते हुए कहता है, "इससे राजनीति में आपका कद बढ़ेगा और हमारा भी मकसद पूरा होगा।"

चारों तरफ एक संतोषजनक सन्नाटा पसर जाता है और तभी पाकिस्तानी एक बड़ी सी मुसकान के साथ कहता है, "मतलब एक ओर भारत सांप्रदायिक प्रदर्शन व दंगे झेल रहा होगा, दूसरी तरफ जात-पात के नाम पर लड़ रहा होगा तो एक तरफ अपने ही देश के टुकड़े करने की भी

माँग कर रहा होगा। (हँसते हुए) मतलब एकता, संप्रभुता और अखंडता तीनों दाँव पर··हा··हा··हा···"

चीनी हँसते हुए, "जी हाँ, या यों कहें कि एक ही दाँव में भारत चारों खाने चित।"

तभी आतंकवादी संगठन भी ठहाके मारकर हँसते हुए कहता है, "हा हा हा। मतलब न बंदूक चलेगी और न ही धमाका होगा, पर भारत तहस-नहस हो जाएगा।"

"न ही तुम्हारे पकड़े जाने का डर, और न ही जान जोखिम में डालने का और पैसा भी बचेगा वो अलग। हा हा हा!" चीनी ने व्यंग्यात्मक हँसी के साथ चुटकी लेते हुए कहा।

सभी अपनी खुशी एक-दूसरे से अपने-अपने विचारों के माध्यम से साझा कर ही रहे थे, तभी एक करप्ट बिजनेसमैन बहुत ही गंभीरता से चीनी से कहता है, "पर जनाब! मेरा सवाल आपसे ये है कि आपने हमारे साथ ऐसा धोखा क्यों किया?"

"धोखा? पर कैसा धोखा? हम कुछ समझे नहीं, कृपया स्पष्ट शब्दों में कहिए।" चीनी ने संदेहवश अपने दिमाग पर जोर देते हुए कहा।

सम्मेलन कक्ष, जो अभी तक खुशी से गूँज रहा था, वहाँ अचानक सन्नाटा फैल जाता है और वे सब बिजनेसमैन की ओर टकटकी भरी निगाह से देखते हैं। तभी बिजनेसमैन कहता है, "जनाब! आपने कहा था कि हमें इस 'ऑपरेशन रिमोट' में न ही गोली की जरूरत होगी और न ही बम की।"

"जी जनाब! मैं अभी भी अपनी इसी बात पर कायम हूँ कि हमें इस 'ऑपरेशन रिमोट' की योजना के लिए न ही बम की जरूरत है और न ही बंदूक की। शायद आपने गलती से कुछ गलत सुन लिया होगा," चीनी ने सफाई देते हुए कहा।

"नहीं जनाब! जहाँ तक मैं देख पा रहा हूँ, हमने इस ऑपरेशन को सफल बनाने के लिए बहुत बम फेंके हैं और बंदूक व बारूद का इस्तेमाल भी किया हैं।" बिजनेसमैन ने बहुत ही भारी आवाज में कहा।

"मतलब? मैं समझा नहीं। भाई, कब बम फेंके और कब गोलियाँ चलीं? आप इसी सभा की बात कर रहे हो न।" चीनी ने अपना सिर खुजाते हुए कहा।

सभी बिजनेसमैन की ओर संदेह भरी नजरों से देख ही रहे थे कि बिजनेसमैन मुस्कराते हुए कहता है, "जनाब! आप कहो-न-कहो, पर मेरे लिए, ये तीनों : धार्मिक व्यवस्था, जाति व्यवस्था और क्षेत्रवाद एक खतरनाक बम ही हैं और उससे निकले छोटे-छोटे समाज, समुदाय व क्षेत्र बंदूक और बारूद तथा ये जो प्रदर्शन, दंगे और आंदोलन हैं, वो इसके विनाशकारी धमाके हैं।" यह सुनते ही चारों तरफ फिर एक जोरदार हँसी की आवाज गूँज पड़ती है।

यह सुनते ही चीनी भी एक लंबी साँस लेते हुए कहता है, "ओह! तो आप इस बम और हथियार की बात कह रहे थे। (मुस्कराते हुए) आपने तो हमें डरा ही दिया था। वैसे आपकी बात में भी सच्चाई है। वास्तव में ये सब हमारे बेहद विनाशकारी हथियार ही तो हैं, जिसके धमाकों से भारत की बर्बादी निश्चित है।"

चारों ओर खुशी का माहौल फिर फैल जाता है और इस पर सीरियाई खुशी के साथ शाबाशी देने के अंदाज में कहता है, "मान गए जनाब! आपकी रिसर्च को और 'ऑपरेशन रिमोट' के प्लान को। मतलब जैसे किसी रिमोट के माध्यम से TV या कोई इलेक्ट्रॉनिक समान ऑपरेट होता है, ठीक उसी प्रकार भारत की जनता को हम ऑपरेट करेंगे। कभी सोचा न था कि यह सोशल मीडिया प्लेटफॉर्म इतनी बड़ी तबाही भी ला सकता है।"

"जी जनाब! हम अपने इस 'ऑपरेशन रिमोट' के माध्यम से धर्म व्यवस्था, जाति व्यवस्था और क्षेत्रवाद के नाम पर भारत की जनता का दिमाग ऐसे धोएँगे कि वो हमारी सभी जायज या नाजायज बातों का समर्थन कर आँखें बंद करके हमारे बताए रास्तों पर चल पड़ेंगे और हम उन्हें अपने हिसाब से दिशा देकर अपने काम को सही अंजाम तक पहुँचाएँगे। या यूँ कहो, 'ऑपरेशन रिमोट' एक ऐसा रिमोट है, जो दुनिया का सबसे बड़ा व

शक्तिशाली रिमोट है।" चाइनीज ने एक बहुत बुलंद आवाज में कहा।

और तभी कोरियन योजना की शान में जयकारा लगाते हुए जोर से कहता है, "तो मिलकर बोलो भाइयो 'ऑपरेशन रिमोट'…"

सभी, "जिंदाबाद।"

'ऑपरेशन रिमोट'…जिंदाबाद।

'ऑपरेशन रिमोट'…जिंदाबाद।

'ऑपरेशन रिमोट'…जिंदाबाद।

(और यों ही "'ऑपरेशन रिमोट'…जिंदाबाद।"
के नारों के साथ सभा का अंत होता है।)

'ऑपरेशन रिमोट' का भारत में दुष्परिणाम

अपितु 'रिमोट : द सोशल मीडिया वॉर' एक काल्पनिक कहानी है, पर यह सोशल मीडिया के माध्यम से राष्ट्र-विरोधी ताकतों के मनसूबों की सच्चाई को प्रदर्शित करती है। जो आज देश की एकता, अखंडता व संप्रभुता के लिए एक बहुत बड़ा खतरा बनती जा रही है। ये राष्ट्र-विरोधी ताकतें अपने मनसूबों को पूरा करने के लिए भारत की जनता को ही मोहरा बना रही हैं, जो सोशल मीडिया के माध्यम से पहले तो देश की भोली-भाली जनता को उनके धर्म, समाज, क्षेत्र व संस्कृति की विशेषताओं व इतिहास के नाम पर अपने साथ जोड़कर विभिन्न चरणों द्वारा उनके दिमाग को वश में करके उनके द्वारा देश में प्रदर्शन, आंदोलन, दंगे और बायकोट्स व ट्रेंड्स को अंजाम दे रहे हैं, जिसके दुष्परिणाम आज भारत में नजर भी आ रहे हैं। इसका कारण है कि आज भारत की अधिकांश जनता सोशल मीडिया की वर्चुअल दुनिया में जकड़ी हुई है और इसका अनुसरण आँखें बंद करके कर रही है।

आज देश में ये राष्ट्र-विरोधी ताकतें सोशल मीडिया के माध्यम से देश की धार्मिक व्यवस्था, जाति व्यवस्था और क्षेत्रवाद को एक हथियार के रूप में इस्तेमाल कर अपनी सभी राष्ट्र-विरोधी गतिविधियों को अंजाम दे रही हैं, क्योंकि इन्हें अच्छे से ज्ञात है कि एक उग्र प्रदर्शन व दंगे देश को कई साल पीछे पहुँचा सकते हैं और इसे मजबूत होने से रोक सकते हैं। इसी संदर्भ में देश के एक प्रतिष्ठित अखबार 'अमर उजाला' में भी 5 फरवरी, 2023 को यह खबर प्रकाशित हुई थी कि—

"लोकतंत्र के चौथे और सबसे महत्त्वपूर्ण स्तंभ के रूप में जाना जाने वाला मीडिया खासकर सोशल मीडिया वर्तमान में लोकतंत्र के लिए ही खतरा बनता जा रहा है। विदेशी मीडिया और देश की अंदरूनी राष्ट्र विरोधी ताकतें विभिन्न सोशल नेटवर्किंग साइट्स का गलत इस्तेमाल कर भारत को खंडित करने और विश्व में भारत की छवि को धूमिल करने का कुचक्र रच रही हैं। भारत की फैक्ट चेकिंग वेबसाइट 'डिजिटल फोरेंसिक रिसर्च एंड एनालिटिक्स सेंटर' (डी.एफ.आर.एसी.) ने गहन अध्ययन के बाद यह जानकारी दी है कि देश की छवि को बिगाड़ने के लिए राष्ट्र विरोधी ताकतें सोशल मीडिया का जमकर इस्तेमाल कर रही हैं और अंतरराष्ट्रीय स्तर पर भारत के खिलाफ दुष्प्रचार करने के लिए सोशल मीडिया को एक टूल के रूप में इस्तेमाल कर रही हैं।

देश में किसान आंदोलन हो या शाहीन बाग मुद्दा, हरिद्वार की धर्म संसद् का मामला हो या सी.ए.ए. के खिलाफ धरना-प्रदर्शन। सभी मुद्दों को विदेशी मीडिया में न केवल बेवजह तूल दिया गया, बल्कि देश के इलेक्ट्रॉनिक मीडिया से लेकर सोशल मीडिया तक ने आंदोलन की पूरी कवरेज कर सरकार को कटघरे में खड़ा करने का भी काम किया। आज देश में राष्ट्र विरोधी ताकतों का एक बड़ा गैंग सक्रियता से सोशल मीडिया के विभिन्न माध्यमों में फर्जी अकाउंट बनाकर गलत सूचनाओं को एक साथ प्रेषित कर आमजन को भ्रमित करने का कार्य कर रहा है। गलत

सूचनाओं से देश में माहौल खराब करने का भी काम जारी है। घर-घर तक अपनी पकड़ मजबूत बना चुके सोशल मीडिया को असामाजिक तत्त्वों का हथियार बनने से रोकने और गलत सूचनाओं के आदान-प्रदान पर नकेल कसने के लिए सरकार के साथ आमजन को भी आगे आना होगा, क्योंकि अक्सर माहौल खराब होने का कारण गलत सूचनाएँ ही होती हैं।"

उपरोक्त प्रकाशन से साफ है कि आज सोशल मीडिया में ये राष्ट्र-विरोधी ताकतें आमजन को भ्रमित कर विभिन्न ट्रेंड्स, बायकोट्स, हैशटैग्स, पोस्ट और मीम्स इत्यादि के माध्यम से अपने कुषड्यंत्रों को अंजाम दे रहे हैं। फिल्म अभिनेता अनुपम खेर ने भी एक कार्यक्रम को संबोधित कर कहा था कि "Intolerance और असहिष्णुता जैसे शब्दों को देश के लोगों ने आज से पहले कभी नहीं सुना था। ये शब्द सोशल मीडिया के माध्यम से मार्किट किए गए हैं, ताकि देश की छवि को धूमिल किया जा सके।"

ये राष्ट्रविरोधी ताकतें न केवल देश को सामाजिक व आर्थिक नुकसान पहुँचा रहे हैं, बल्कि सोशल मिडिया में नग्नता व फूहड़ता को पेश कर देश के युवाओं की मानसिकता को भी नुकसान पहुँचा रहे हैं। आज सोशल मीडिया में छोटी-छोटी वीडियों पर टेलेंट दिखाने के नाम पर सारी हदे पार हो रही है और भारत की संस्कृति को बर्बाद किया जा रहा है। लाइक्स व फॉलोवर्स के चक्कर में कई लड़कियाँ खुल्लेआम अपना बदन दिखा रही है, वे न केवल अपनी और परिवार की इज्जत भूल गई अपितु इन राष्ट्रविरोधी ताकतों के मनसूबों का मोहरा बन कर रह गई हैं।

सोशल मीडिया के माध्यम से देश में विभिन्न आंदोलन, प्रदर्शन, दंगे और बायकोट्स

सोशल मीडिया के माध्यम से ये राष्ट्र-विरोधी ताकतें दो समुदायों के बीच नफरत पैदा कर देश का माहौल खराब करने का काम कर रही हैं। एक शोध में यह पाया गया है कि देश में हुए अधिकांश प्रदर्शन व दंगों का कारण

सोशल मीडिया के द्वारा भारत की जनता को भ्रमित कर दुष्प्रचार का प्रमाण है, जिसका असल मकसद भारत की भोली-भाली जनता को भ्रमित कर देश का माहौल खराब करना है।

जहाँ कुछ स्थानीय नेता भी इन कुषड्यंत्रों को तूल देते नजर आते हैं, जो देश की भोली-भाली जनता को न केवल धर्म, जाति व क्षेत्र के नाम पर बाँट रहे हैं, अपितु देश के स्वतंत्रता सेनानी और क्रांतिकारियों तक के नाम पर भी बाँटने का काम कर रहे हैं। एक तथाकथित नेता ने तो पब्लिक मंच से यह तक कह दिया था कि "तुम सावरकर की औलाद हो और हम भगत सिंह की औलाद हैं।" जहाँ राजनीति का स्तर इतना गिर गया कि देश को बाँटने के लिए इन महापुरुषों का भी बँटवारा कर दिया गया।

ये राष्ट्र-विरोधी ताकतें फेसबुक, ट्विटर, इंस्टाग्राम, शेयर चैट, यू-ट्यूब समेत अन्य सोशल मीडिया का उपयोग कर आपत्तिजनक, भड़काऊ या फिर अलग-अलग समुदायों के बीच नफरत पैदा करने वाली पोस्ट के माध्यम से देश में प्रदर्शन व दंगों को अंजाम दे रही हैं। इनका काम सरकार से प्रश्न तो पूछना होता है, पर जवाब नहीं सुनना होता, क्योंकि इन्हें तो देश में अशांति फैलाकर राष्ट्रीय स्तर पर देश की छवि धूमिल करनी है। आज सोशल मीडिया पर एक गैंग देश में हो रही किसी भी हलचल को हमेशा धार्मिक, जातीय व क्षेत्रीय रंग देने की कोशिश में लगा रहता है और देश की सामाजिक एकता को खत्म करने का प्रयास करता रहता है।

एक ताजा खबर के अनुसार, आज दिल्ली में हो रहे पहलवानों द्वारा शांतिपूर्ण तरीके से किए गए प्रदर्शन को सोशल मीडिया का एक गैंग 'जाट बनाम हिंदू' बनाने की कोशिश में लगा हुआ है, जिसका उद्देश्य केवल देश की धार्मिक एकता को खत्म करना है। ऐसे ही कुछ प्रदर्शन, आंदोलन, दंगे और बायकोट्स एवं ट्रेंड्स का जिक्र हम आगे लेख में कर रहे हैं, जो शुरू तो शांतिपूर्ण तरीके से किया गया था, पर सोशल मीडिया के हस्तक्षेप के कारण एक खतरनाक रूप ले गया, जिसका मकसद सरकार की मंशा को जानना नहीं, अपितु देश को आर्थिक व सामाजिक नुकसान पहुँचाना था—

1. एफ.टी.आई.आई. आंदोलन, 2015

जब जून 2015 में भारतीय फिल्म और टेलीविजन संस्थान के लिए एक नए अध्यक्ष को नियुक्त किया गया तो इसे छात्रों द्वारा समस्या के रूप में देखा गया, क्योंकि उनके अनुसार न केवल नए अध्यक्ष के पास अपेक्षित साख की कमी थी, बल्कि वे 20 वर्षों तक एक दक्षिण कट्टरपंथी भी रहे थे।

इस नियुक्ति के विरोध में कैंपेन की शुरुआत सोशल मीडिया से होते हुए सड़क तक आ गई और नतीजन छात्र अनिश्चितकालीन हड़ताल पर चले गए। दिल्ली जैसी जगह पर विरोध के साथ छात्रों की पुलिस के साथ झड़प हुई। कई निदेशकों ने एफ.टी.आई.आई. के छात्रों के साथ एकजुटता दिखाते हुए अपने राष्ट्रीय पुरस्कार भी लौटाए। 150 से अधिक दिनों के आंदोलन के बाद छात्रों ने अपना विरोध प्रदर्शन बंद कर दिया।

2. जल्लीकट्टू के समर्थन में विरोध प्रदर्शन, तमिलनाडु, 2017

जैसा कि पेटा द्वारा पशु क्रूरता के बारे में वर्षों की शिकायतों के बाद सुप्रीम कोर्ट ने पारंपरिक साँडों को वश में करने वाले खेल जल्लीकट्टू पर

प्रतिबंध लगा दिया था, जिसका उद्देश्य था पशु क्रूरता व हिंसा को रोकना, ताकि किसी मनुष्य या पशु की जान को हानि न पहुँचे।

यहाँ भी सोशल मीडिया ने हस्तक्षेप करते हुए इसे एक सांप्रदायिक मुद्दा बना दिया, जिसके फलस्वरूप तमिलनाडु के लोगों द्वारा प्रतिबंध को स्वीकार नहीं किया गया और जनता ने सड़कों पर उतरकर इस फैसले के विरोध में प्रदर्शन कर दिया। यहाँ प्रदर्शनकारियों का मत था कि "यह प्रतिबंध उनकी धार्मिक भावना से खिलवाड़ है, क्योंकि यह खेल उनकी सांस्कृतिक पहचान का केंद्र है। ज़ब पुलिस ने प्रदर्शनकारियों को खदेड़ने की कोशिश की तो विरोध हिंसक हो गया। एकजुटता दिखाने के लिए लगभग 2,00,000 लोग चेन्नई के मरीना बीच के पास सड़क पर उतर आए।

मामले की गंभीरता का संज्ञान लेते हुए तमिलनाडु सरकार ने 23 जनवरी, 2017 को, जल्लीकट्टू को वैध कर दिया और पी.सी.ए. (पशु क्रूरता निवारण अधिनियम) 1960 अधिनियम में संशोधन करने के लिए एक विधेयक पारित किया गया।

3. SC/ST संशोधन विधेयक प्रदर्शन, 2018

SC/ST एक्ट कानून के माध्यम से निम्न वर्ण की जनता की एक शिकायत से आरोपी को बिना जाँच किए तुरंत गिरफ्तारी कर जेल जाने का प्रावधान है, जिसमें 20 मार्च, 2018 को दिए फैसले में सुप्रीम कोर्ट ने माना था

कि SC/ST एक्ट में तुरंत गिरफ्तारी की व्यवस्था के चलते कई बार बेकसूर लोगों को जेल जाना पड़ता है। इससे बचाव की व्यवस्था करते हुए कोर्ट ने कहा था—

- सरकारी कर्मचारी की गिरफ्तारी से पहले विभाग के सक्षम अधिकारी की मंजूरी जरूरी होगी।
- बाकी लोगों को गिरफ्तार करने के लिए जिले के SSP की इजाजत जरूरी होगी। DSP स्तर के अधिकारी प्राथमिक जाँच करेंगे। अगर वाकई मामला बनता होगा, तभी मुकदमा दर्ज होगा। जिसके खिलाफ शिकायत हुई है, वो अग्रिम जमानत के लिए आवेदन कर सकता है। अगर जज को पहली नजर में मामला आधारहीन लगे तो वो अग्रिम जमानत दे सकता है।

जिसके बाद सोशल मीडिया ने सुप्रीम कोर्ट के इस फैसले के विरुद्ध एक अभियान शुरू कर दिया, जिसमें उन्होंने इस फैसले को समाज के निम्न समुदाय के अधिकारों से छेड़छाड़ का मामला बताया और निम्न समाज के वर्णों को इस असुरक्षा का एहसास करवाया कि अगर जल्द ही कुछ न किया जाए तो उनके सभी अधिकार धीरे-धीरे समाप्त हो जाएँगे। उनके इस मकसद को बल तब मिला, जब कुछ स्थानीय नेता और दूसरे धर्म-समुदाय के लोगों ने उन्हें सोशल मीडिया पोस्ट के माध्यम से समर्थन देना शुरू किया।

जिसके परिणामस्वरूप यह विरोध प्रदर्शन उग्र होता चला गया। देश में जगह-जगह माननीय प्रधानमंत्रीजी के पुतले जलाए गए और कई जगह सरकारी संपति को नुकसान पहुँचाने का मामला भी दिखाई दिया। अंत में सरकार ने लोकसभा में विधेयक पास कर सुप्रीम कोर्ट के इस फैसले पर रोक लगा दी।

4. नागरिकता संशोधन कानून (CAA), 2019

देश में घुसपैठियों का मामला काफी समय से चर्चा का विषय है। एक आँकड़े के हिसाब से देश में लगभग 1 से 2 करोड़ घुसपैठियों की जनसंख्या हो गई है, जो देश को आर्थिक व सामाजिक रूप से नुकसान पहुँचा रहे हैं। इन घुसपैठियों को देश से बाहर करने की दिशा में सबसे पहले असम में एन.आर. सी. (NRC) यानी नेशनल रजिस्टर ऑफ सिटीजंस पर काम हुआ। लेकिन एन.आर.सी. को लेकर यहाँ यह विवाद हुआ कि बड़ी संख्या में ऐसे लोगों को भी नागरिकता की लिस्ट से बाहर रखा गया था, जो देश के असल निवासी थे। ऐसे लोगों के समाधान के लिए सरकार ने नागरिकता संशोधन कानून (CAA), 2019 बनाया था, जिसका उद्देश्य देश के नागरिकों की नागरिकता की सुरक्षा और घुसपैठियों को खदेड़ना था।

कई राजनीतिज्ञ व समाज सुधारकों के हिसाब से यह निर्णय देश का एक साहसिक व राष्ट्रहित के लिए जरूरी कदम था। पर सोशल मीडिया के माध्यम से राष्ट्र-विरोधी ताकतों ने इस कानून को समाज के एक हिस्से के समक्ष ऐसे रखा कि जिससे इसका जमकर विरोध हुआ। इस प्रदर्शन में शामिल अधिकांश लोगों को नागरिकता संशोधन कानून (CAA) की जानकारी भी नहीं थी, वे केवल सोशल मीडिया व स्थानीय नेताओं के बहकावे में आकर प्रदर्शन कर रहे थे।

जिसके परिणामस्वरूप, नागरिकता संशोधन कानून (CAA) के खिलाफ देश भर में विरोध प्रदर्शन हुए। कई जगहों पर तो विरोध प्रदर्शन हिंसक भी हो गए थे, जिससे जान-माल की बहुत हानि हुई थी। ऐसे में यह जानना जरूरी है कि नागरिकता संशोधन कानून क्या है और इसको लेकर विवाद क्यों है?

5. गुर्जर आरक्षण आंदोलन, 2019

राजस्थान के भरतपुर में शुरू हुए गुर्जर समुदाय के आरक्षण आंदोलन के चलते रेल और रोड ट्रैफिक सेवाएँ बुरी तरह प्रभावित हुईं। दिल्ली-मुंबई के रूट पर चलने वाली कई ट्रेनों को डायवर्ट किया गया और आगरा-जयपुर

के रूट पर बस सेवाओं को रोक दिया गया। गुर्जर समुदाय का कहना था कि 'हम अपने समुदाय के लिए उसी तरह पाँच फीसदी आरक्षण चाहते हैं, जिस तरह केंद्र सरकार ने आर्थिक रूप से पिछड़े लोगों के लिए 10 फीसदी आरक्षण का प्रावधान किया है।'

6. किसान आंदोलन, 2021

2020 में केंद्र सरकार ने 3 कृषि कानूनों की घोषणा की—कृषि उत्पादन व्यापार और वाणिज्य (संवर्धन और सुविधा) विधेयक, किसान (सशक्तीकरण और संरक्षण) मूल्य आश्वासन और कृषि सेवा अधिनियम एवं आवश्यक वस्तु (संशोधन) अधिनियम।

इन कानून के अनुसार किसान मनचाही जगह व राज्यों में अपनी फसल बेच सकते थे और कोई भी लाइसेंसधारक व्यापारी किसानों से परस्पर सहमत कीमतों पर उपज खरीद सकता था। कृषि उत्पादों का यह व्यापार राज्य सरकारों द्वारा लगाए गए मंडी कर से मुक्त किया गया था। यह कानून किसानों कि सशक्तीकरण और संरक्षण को ध्यान में रखते हुए अनुबंध खेती करने और अपनी उपज का स्वतंत्र रूप से वितरण करने की अनुमति देता था। इसके तहत फसल खराब होने पर नुकसान की भरपाई किसानों को नहीं, बल्कि एग्रीमेंट करने वाले पक्ष या कंपनियों द्वारा की जाती। इस कानून के तहत असाधारण स्थितियों को छोड़कर व्यापार के लिए खाद्यान्न, दाल, खाद्य तेल और प्याज जैसी वस्तुओं से स्टॉक लिमिट हटा दी गई थी।

सरकार का तर्क था कि इन कानूनों के जरिए कृषि क्षेत्र में नए निवेश का अवसर पैदा होगा और किसानों की आमदनी व शक्ति बढ़ेगी, जिससे आत्महत्या जैसे मामले भी खत्म हो जाएँगे। पर इसका भी जमकर विरोध हुआ, जिसमें इस कानून को वापस करने की माँग रखी गई थी, क्योंकि किसान संगठनों का तर्क था कि इस कानून के जरिए सरकार न्यूनतम समर्थन मूल्य (एम.एस.पी.) को खत्म कर देगी और उन्हें उद्योगपतियों के रहमोकरम पर छोड़ देगी।

सोशल मीडिया पर इस कानून के विरोध में कई कैंपेन चलाए गए और एक समय आया कि इस आंदोलन ने काफी उग्र रूप ले लिया था, जिसमें बहुत जान-माल की हानि भी हुई। किसान संगठन, आंदोलन के दौरान 700 किसानों की मौत का दावा भी करते हैं। इस आंदोलन के दौरान गणतंत्र दिवस व स्वतंत्रता दिवस पर जब विदेशी मेहमान भारत आए तो देश की संप्रभुता पर भी खतरा मँडराने लगा। यह आंदोलन लगभग 13 महीनों तक चला। सरकार के साथ कई दौर की वार्त्ता के बाद भी इस पर सहमति नहीं बन पाई और अंत में केंद्र सरकार को किसानों के सामने घुटने टेकने पड़े और उनकी सभी माँगों को मानकर तीनों कृषि कानूनों को वापस लेना पड़ा।

7. बायकॉट बॉलीवुड (#boycottBollywood) ट्रेंड, 2019-आज तक

इन दिनों किसी भी तरह का सामाजिक, राजनीतिक या धार्मिक मुद्दा उठते ही वो ट्विटर पर ट्रेंड करने लगता है, हैशटैग बनता है, उसके वीडियो आते हैं और पोस्ट शेयरिंग के नीचे लाखों की संख्या में लाइक्स और कमेंट्स का लंबा दौर चलता है। इसी तरह ट्रेंड बनता है और फिर कुछ समय के बाद वो मुद्दा सोशल मीडिया से होते हुए सड़कों तक पहुँच जाता है।

ऐसा ही एक ट्रेंड है बायकॉट बॉलीवुड, जिसका मकसद दक्षिण भारत और उत्तर भारत को विभाजित करना है। 'बायकॉट बॉलीवुड' ट्रेंड के माध्यम से सोशल मीडिया पर सामाजिक, राजनीतिक या धार्मिक मुद्दों को भी तोड़-मरोड़कर पेश किया जाता है, जिससे भारत की जनता के दिमाग में जहर घुल सके।

इन राष्ट्र-विरोधी ताकतों को अच्छे से मालूम है कि बॉलीवुड, जिसे हिंदी सिनेमा के नाम से भी जाना जाता है, यह भारत का सबसे बड़ा फिल्म बनाने का उद्योग है और इसे टारगेट कर भारत के एक बड़े समाज को आसानी से निशाना बनाया जा सकता है।

राष्ट्र-विरोधी ताकतों ने इस 'बायकॉट बॉलीवुड' ट्रेंड को सोशल मीडिया से सड़कों तक पहुँचाकर कई बार देश की संपत्ति को भी नुकसान पहुँचाया है। 'पद्मावत', 'लाल सिंह चड्ढा', 'सम्राट् पृथ्वीराज' और 'ब्रह्मास्त्र' जैसी फिल्में इसका प्रत्यक्ष उदाहरण हैं। कई बार देखने में आया है कि 'बायकॉट बॉलीवुड' ट्रेंड के कारण कई फिल्मों के पोस्टर जलाए जाते हैं, थियेटर पर हमला होता है और स्क्रीन से फिल्म हटानी भी पड़ती है। वहीं कई बार तो सेलेब्स को धमकी भी मिलती है।

8. वी सपोर्ट सुशांत सिंह राजपूत ट्रेंड (#WeSupportSSR), 2020

सुशांत सिंह राजपूत 14 जून, 2020 को मुंबई स्थित अपने घर में मृत पाए गए थे। उनकी मौत पर मुंबई पुलिस ने कहा कि प्रथम दृष्टया यह आत्महत्या का मामला लगता है। जो आज भी एक प्रश्नचिह्न है कि आत्महत्या? आखिर क्यों? क्या है वजह? कहा जाता है कि सुशांत पिछले कुछ समय से डिप्रेशन में थे। सुशांत के निधन के बाद से सोशल मीडिया पर कई तरह की चर्चा शुरू हो गई थी और देखते-ही-देखते 'वी सपोर्ट सुशांत सिंह राजपूत' ट्रेंड करने लगा।

सुशांत के निधन के बाद फिल्म इंडस्ट्री में नेपोटिज्म के मुद्दे के चलते सलमान खान, करण जौहर और एकता कपूर जैसे तमाम सेलेब्स फैंस के निशाने पर आ गए। दरअसल ये खबरें आईं कि पिछले साल रिलीज हुई उनकी फिल्म 'छिछोरे' के बाद उन्हें 7 फिल्में मिली थीं, लेकिन 6 महीने में उनके हाथ से सभी फिल्में चली गईं। एक्ट्रेस कंगना रनौत ने वीडियो जारी कर सुशांत के सुसाइड को लेकर कहा कि आखिर क्यों उनके काम को सराहा नहीं जा रहा था? क्यों 'एम.एस. धोनी : द अनटोल्ड स्टोरी' और 'छिछोरे' जैसी फिल्में करने के बाद भी उन्हें कोई अवॉर्ड क्यों नहीं मिला था?

एक ओर समाज का एक वर्ग 'वी सपोर्ट सुशांत सिंह राजपूत' ट्रेंड के जरिए सुशांत के लिए न्याय की माँग करने लगा तो दूसरी ओर कुछ राष्ट्र-विरोधी ताकतों ने सोशल मीडिया पर 'वी सपोर्ट सुशांत सिंह राजपूत' ट्रेंड के जरिए आत्महत्या जैसे कृत्य को भी बढ़ावा दिया। जिसका मकसद देश की जनता को मानसिक रूप से कमजोर करना था। असफलता, संघर्ष और परेशानी ये एक जीवन के भाग हैं, पर इन राष्ट्र-विरोधी ताकतों ने 'वी सपोर्ट सुशांत सिंह राजपूत' ट्रेंड के जरिए आत्महत्या को ही इन सब समस्याओं का हल बताने की कोशिश की, जिसके परिणामस्वरूप एक रिसर्च से यह ज्ञात हुआ कि देश में सुशांत के निधन के बाद आत्महत्या के आँकड़ों में भी वृद्धि देखी गई।

9. जैन विरोध, 2023

दिसंबर 2022 में सरकार ने सम्मेद शिखरजी को पर्यटन स्थल घोषित कर दिया। जैन समुदाय इसके खिलाफ था, क्योंकि सम्मेद शिखरजी झारखंड में जैन धर्म का सबसे बड़ा तीर्थ स्थल माना जाता है।

जैन समाज के लोगों का कहना था कि पर्यटन स्थल बनाने से सम्मेद शिखर जी को नुकसान होगा और उस जगह की पवित्रता को भी खतरा हो सकता है। पहले तो झारखंड समेत देश के कई हिस्सों में इसे लेकर छिटपुट आंदोलन हुए, लेकिन धीरे-धीरे यह आंदोलन बड़ा बनता गया। 1 जनवरी, 2023 के पहले दिन दिल्ली, मुंबई समेत कई जगह जैन समुदाय के लोगों ने प्रदर्शन किया था।

10. मेरे व्यक्तिगत जीवन पर प्रभाव

2015-2016 में कुछ घटनाएँ मेरे साथ ऐसी घटीं कि उसने मेरे व्यक्तिगत जीवन को झकझोरकर रख दिया और मुझे इस कहानी को लिखने के लिए प्रेरित किया। उन घटनाओं का मेरे सामाजिक, पारिवारिक और नैतिक संबंधों पर ऐसा असर हुआ कि जिससे मैं आजतक उभर नहीं सका। जहाँ मेरे कई सामाजिक रिश्ते खत्म हो गए तो कुछ पारिवारिक और नैतिक रिश्तों में भी खटास पैदा हो गई। इन घटनाओं से मुझे यह अनुभव हुआ कि अगर इंसान कट्टर हो तो उससे तर्क-वितर्क करना व्यर्थ होता है, ऐसे में वे लोग कुतर्क व बहस के उस मुकाम तक पहुँच जाते हैं, जहाँ नैतिकता और इंसानियत शर्मसार हो जाती है।

इस घटनाओं से पहले मेरे लिए कट्टरता की परिभाषा थी की 'कट्टरता का मतलब अगर कोई इंसान अपने धर्म को लेकर इतना संवेदनशील है कि वो उसके बारे में कुछ भी गलत न सुन सकता है और न ही बोल सकता है, पर इन घटनाओं ने मुझे कट्टरता की सही परिभाषा से रूबरू करवाया, जिसके अनुसार कट्टरता किसी धर्म तक सीमित नहीं है, बल्कि यह किसी भी समुदाय, विचारधारा व पार्टी के लिए उत्पन्न हो सकती है। जब कोई व्यक्ति किसी विचारधारा व समुदाय से प्रभावित होता है और वह सही और गलत में अंतर करना छोड़ देता है या यों कहें कि उस विचारधारा व समुदाय की सभी जायज व नाजायज बातों का समर्थन करने लगता है, वहाँ से वो व्यक्ति कट्टर होता चला जाता है। असल में कट्टरता एक ऐसा चश्मा है,

जिसमें गलत दिखता ही नहीं, सब सही ही दिखता है।

कट्टरता एक बीमारी है और उससे ग्रसित व्यक्ति बीमार, क्योंकि कट्टरता में सुधार की गुंजाइश लगभग समाप्त हो जाती है। और जब आपको एहसास हो कि कोई इंसान कट्टर हो गया है तो उसको उसके हाल पर छोड़ना बेहतर होता है, क्योंकि वहाँ तर्क-वितर्क की कोई गुंजाइस ही नहीं रहती, बल्कि ऐसा करने से आपके आपसी संबंधों में दरार तो आएगी ही, साथ-ही-साथ आपका स्वभाव भी उग्र होता चला जाएगा। क्योंकि आसमान पर थूकने और कीचड़ में पत्थर मारने का कोई फायदा नहीं होता, अपितु इससे आपको ही हानि पहुँचती है।

प्रथम घटनाक्रम के अनुसार—मेरे कुछ जानकार व संबंधी ऐसे थे, जो किसी खास विचारधारा से प्रभावित थे। वे लोग आपस में एक-दूसरे से बिल्कुल अनजान थे, पर उन सबका मुझसे बहुत गहरा संबंध था। उनमें कॉमन बात यह थी कि वे सब एक ही विचारधारा से प्रभावित थे। अकसर मुझे व्हाट्सएप, FB मैसेज व मेरी FB वॉल में उसी विचारधारा से संबंधित पोस्ट शेयर व टैग किया करते थे और यह भी कोशिश करते थे कि मैं भी उन्हीं की तरह सोचने लगूँ।

कई बार मेरे सवाल पूछने पर वे लोग मुझे दूसरी पोस्ट फॉरवर्ड करते थे और यहाँ कमाल की बात यह है कि वे लोग अनजान होते हुए भी अकसर मेरे सवालों के जवाब में मुझे एक ही तरह की पोस्ट शेयर करते थे या कह सकते हैं कि एक ही पोस्ट शेयर करते थे, जो मुझे बहुत अटपटा लगता था। जब मैं उनके विचारों से सहमत नहीं होता था तो वे सब मुझे कुछ मीम्स फॉरवर्ड करते थे और यहाँ भी सभी के मीम्स एक जैसे ही मुझे मिलते थे।

मुझे यहाँ हैरानी यह होती थी कि ये लोग तो एक-दूसरे को जानते भी नहीं, पर हर सवाल के जवाब के लिए एक ही पोस्ट और हर विरोध में एक ही मीम्स कैसे? क्योंकि मुझे लगता है कि अगर इंसान अलग-अलग हैं तो सबका मत एक होते हुए भी सबके पोस्ट में कम-से-कम शब्द तो अलग-अलग तरह से होने चाहिए, पर यहाँ शब्दों की बात तो दूर, पूरा पैराग्राफ ही एक जैसा होता था, न कोमा अलग और न ही पूर्ण विराम। यहाँ मुझे कुछ-

कुछ ऐसा लगता था कि मानो हम एक एग्जाम दे रहे हैं और सबकी आंसर शीट में एक ही परचे से नकल करके जवाब लिखे जा रहे हैं।

क्योंकि मेरे साथ सबके अच्छे संबंध थे तो मैं उनसे अकसर अनुरोध करता था कि कृपया मुझे इस तरह की पोस्ट न किया करें। तो इसमें भी उन सबका मानना था कि हमें क्रांति लानी है और हमारा फर्ज तुझे समझाना है कि क्या सही है और क्या गलत है, इसलिए हम तो पोस्ट करेंगे और हद तो तब हो गई कि जब मेरे विरोध में यहाँ भी सबके जवाब यही थे। कुछ खोजबीन करने पर जानकारी मिली कि ये लोग जिस विचारधारा से प्रभावित हैं, उसके ही कुछ पेज व ग्रुप सोशल मीडिया पर इन्होंने फॉलो किए हुए हैं और वहाँ से मिले फीड से ही इनके सोचने व समझने का तरीका एक-सा हो गया है और ये वहीं की फीड को कॉपी पेस्ट करके दूसरों को भी फॉरवर्ड कर रहे हैं। इसी वजह से इनके सभी पोस्ट में लाइन-टू-लाइन पैराग्राफ एक जैसे ही मिलते हैं।

जिसका सीधा मतलब यह था कि कोई इन सबका माइंड वाश करके, एक रिमोट की तरह इनका इस्तेमाल कर रहा था और ये लोग भी उसकी सभी जायज व नाजायज बातों का समर्थन कर रहे थे। या यों कहूँ कि ये लोग बोनलेस (boneless) हो चुके थे, क्योंकि इनके अपने कोई विचार नहीं थे। विचारों के रूप में इनके पास उस पेज के पोस्ट किए गए फीड ही शेष थे और वे लोग उस विचारधारा के लिए कट्टर हो चुके थे, जहाँ मेरे पास उनसे दूरी बनाए रखने के सिवाय और कोई दूसरा विकल्प नहीं बचा था।

एक दूसरे घटनाक्रम के अनुसार—मेरे फ्रेंड सर्कल में हम सारे दोस्त अपनी भाषा में अपशब्दों का इस्तेमाल नहीं करते हैं, क्योंकि हमारा यह मानना था कि भाषा में गाली-गलौच का इस्तेमाल असभ्य समाज की निशानी होती है। हम दोस्तों में विचारों में चाहे कितनी भी असमानताएँ क्यों न हों, पर यहाँ सबका मत एक-सा था।

उनमें से एक दोस्त (जो अब दुश्मन है) सोशल मीडिया के माध्यम से एक विचारधारा से प्रभावित हुआ। शुरू-शुरू में तो सब ठीक था, पर धीरे-धीरे वो अपने विचारों को हम पर थोपने लगा। हमारी दिलचस्पी न होने पर भी वो हमें कई मैसेज करता, व्हाट्सएप, FB आदि के जरिए पोस्ट शेयर करता

था। कहता था कि 'वो देश की राजनीति में और देश में क्रांतिकारी बदलाव लाएगा। देश में सब भ्रष्ट हैं, अंबानी चोर है, अडानी चोर है, इसलिए हम युवा देश की तसवीर बदलेंगे।' यह वो लाइन थी, जो अकसर हमें फॉरवर्ड किया करता था और इन्हीं कुछ बातों के जरिए उसने कुछ और जानकारों को उसी विचारधारा से जोड़ा।

पर धीरे-धीरे देश को बदलने वाले ये युवा 'फ्री बिजली', 'फ्री पानी', 'फ्री ट्रांसपोर्ट' की बात करने लगे। जब उस दोस्त से पूछा गया कि "भाई! कैसे देश की तसवीर बदलेगा? क्या इस फ्री बीज से···" तो उसका मत था कि "ये फ्री नहीं है, बल्कि ये सब हमारे दिए गए टैक्स से ही होता है।" और यही मत बाकी उन सब जानकारों का भी था, जो उस विचारधारा से प्रभावित हो चुके थे।

खैर, यहाँ एक बात समझ आई कि ये सब उनके अपने विचार नहीं थे, बल्कि ये तो उस पेज व ग्रुप के पोस्ट से उत्पन्न विचार थे, जिससे उन्हें फीड मिल रहा था। कहानी में असल मोड़ तब आया, जब उनकी विचारधारा के एक बड़े नेता ने अपशब्दों का इस्तेमाल कर पब्लिक मंच से देश के प्रधानमंत्री को कुछ गालियाँ देकर संबोधित किया, जिसका एक बड़ा नेशनल मुद्दा भी बना। अब मेरी ये जिज्ञासा हुई कि इतनी बड़ी बात होने के बाद भी क्या अभी भी वो दोस्त इसी विचारधारा से प्रभावित होगा?

तो मैंने एक दिन दिलचस्पी दिखाते हुए उससे पूछ ही लिया कि "हम लोग हमेशा असभ्य भाषा का विरोध करते हैं। तो क्या अभी भी तू इसी विचारधारा के नेता को सपोर्ट करता है?" तो उसका जवाब कुछ यों आया, "अब तो मेरी मेरे नेता में श्रद्धा और बढ़ गई, क्योंकि उसमें हिम्मत है सच बोलने की।" मैं बोला, "सच? यह कैसा सच है? वो गाली-गलौच कर रहा है और तू सपोर्ट कर रहा है। क्या तुझे जरा सी भी शर्म नहीं आती?" तो उसका जवाब था कि " *मीने को *मीना कहने में और *रामी को *रामी कहने में कैसी शर्म, बल्कि यह तो गर्व की बात है कि कोई है ऐसा, जो यह कहने की हिम्मत कर रहा है। इसलिए यह गाली ही सही, पर है तो सच्चाई ही, और सच में हम सबको गर्व होना चाहिए।" तो मैंने भी उससे कह दिया कि "भाई, गलत तो गलत होता है, उसे इन कुतर्कों से तू समर्थन क्यों दे रहा है?

और मान ले अगर मैं तुझे गाली देकर बोलूँ "तेरी ** * **" तो क्या तुझे मुझ पर गर्व होगा या गुस्सा आएगा, क्योंकि मैंने गाली तो दी होगी, पर शब्दों के अर्थ के हिसाब से उसमें सच्चाई भी होगी?" इसमें वो दोस्त गुस्सा हो गया और लड़ने-मरने पर आतुर हो गया। हालाँकि, यहाँ मेरा उद्देश्य केवल उसे यह बताना था कि गलत-गलत होता है, उसे किसी भी हालत में समर्थन नहीं दिया जा सकता। पर वो मेरी बात को समझने के लिए तैयार ही नहीं था।

नतीजा यह हुआ कि बहस और कुतर्क का ऐसा सैलाब आया कि वो दोस्त दुश्मन में बदल गया और उस घटना की चिंगारी मेरे परिवार तक भी आई, जिससे मेरे पारिवारिक रिश्तों में भी खटास उत्पन्न हो गई। क्योंकि मैंने ऐसे इंसान को समझाने की कोशिश की, जो कट्टरता रूपी बीमारी से पीड़ित था। इसलिए, इससे उसके स्वभाव में तो कोई फर्क नहीं पड़ा, पर मेरी भाषा का स्तर निम्न हो गया। हालाँकि, मेरा उद्देश्य उसे अपशब्द कहना नहीं था, फिर भी वो शब्द मेरी जबान पर आए, जिसका उच्चारण शायद ही मैंने कभी किया हो।

इस घटना के परिणामस्वरूप, जहाँ मेरे सामाजिक व पारिवारिक रिश्ते खराब हुए, वहीं मेरी भाषा का स्तर गिरने से मेरा नैतिक स्तर भी गिर गया।

‘ऑपरेशन रिमोट’ का अंत

कहानी के इस भाग में हम बात करेंगे अपने नायक व नायिका की, जो ‘ऑपरेशन रिमोट’ के इस चक्रव्यूह को तोड़कर राष्ट्र-विरोधी ताकतों के मनसूबों को तबाह करेंगे। कोई भी कहानी एक नायक के बिना अधूरी होती है। नायक आमतौर पर एक विशेष लक्ष्य या वफादारी से प्रेरित होते हैं, ताकि किसी संघर्ष के समाधान का पता लगा सकें। एक नायक ही समस्याओं का सामना करता है और उसका समाधान भी निकालता है। चाहे वह किसी दूसरे चरित्र, प्रकृति के बल, या अपने स्वयं के आंतरिक संदेह के रूप में हो। जो शत्रुओं के कुषड्यंत्र को समाप्त करके समाज को खुशहाल करता है। तो ऐसा संभव नहीं कि हमारी कहानी में कोई नायक या नायिका न हो।

कहानी का नायक

अब सवाल यह उठता है कि क्या कोई सोशल मीडिया के इस बढ़ते दुष्प्रभाव को समाप्त कर सकता है? क्या हमारे पास ऐसा नायक है, जो राष्ट्र-विरोधी ताकतों के कुषड्यंत्र को खत्म कर सकता है? क्या सोशल मीडिया पर भारत को आर्थिक, सामाजिक व सांस्कृतिक रूप से चोट पहुँचाने की सभी साजिशों का कोई अंत कर सकता है? तो इन सब सवालों का जवाब है—हाँ।

अगर हम सब चाहें तो इन सब कुषड्यंत्रों को आसानी से तबाह कर सकते हैं। अगर हम सब सोशल मीडिया का इस्तेमाल अपने विवेक के साथ करें तो सोशल मीडिया के दुष्प्रभाव को खत्म कर हम यहाँ भी एक अच्छा वातावरण तैयार कर सकते हैं। याद रहे, अगर ‘ऑपरेशन रिमोट’ जैसे शत्रुओं

को खत्म करना है तो हमें ही नायक बनकर इसका विवेकपूर्वक सामना करना होगा।

तो एक बात तो स्पष्ट है कि इस कहानी के नायक और कोई नहीं, हम भारतीय ही हैं, क्योंकि इन राष्ट्र-विरोधी ताकतों का कुषड्यंत्र तभी तक काम करेगा, जब तक उन्हें हमारा साथ मिलता रहेगा और जब हम सब इसके विरोध में खड़े हो जाएँ तो इनके सभी दाँव अपने आप असफल हो जाएँगे।

उदाहरण के लिए, जब सर्जिकल स्ट्राइक व डोकलाम जैसे वीरतापूर्ण कार्य को हमारे देश की सेना ने अंजाम दिया था, तब सोशल मीडिया पर इस कार्य को मिथ्या साबित करने के लिए कई पोस्ट, हैशटैग्स व मीम्स चलाए गए थे और सेना के इस वीरतापूर्ण कार्य को राजनीतिक रंग देकर झूठी अफवाह भी चलाई गई। कुछ स्थानीय नेताओं ने तो सेना की गरिमा पर सवाल उठाते हुए इसके सबुत तक माँग लिये थे। उस समय पूरे देश ने एकजुटता दिखाते हुए अपने देश और सेना का हौसला बढ़ाया व सेना की शान में कई पोस्ट भी लिखी। जिसके परिणामस्वरूप, जो लोग या सोशल मीडिया पेज इस कार्य को मिथ्या बता रहे थे, उन्होंने भी यू-टर्न लेकर देश और सेना को उनके वीरतापूर्ण कार्य की बधाई दी।

उपरोक्त घटना से एक बात तो साफ हो गई कि हम भारतीय लोग चाहे किसी भी धर्म, जात व क्षेत्र के क्यों न हों, पर जब बात भारत की आती है तो हम सब एक हो जाते हैं। इस घटना के बाद ये राष्ट्र-विरोधी ताकतें भी अच्छी तरह जान गईं कि अगर हम भारत देश पर सीधा हमला करेंगे तो शायद हम लोगों को अलग करने के बजाय एक कर देंगे, जो उनके मकसद को बरबाद कर देगा।

इस सब बातों का सिर्फ एक ही अर्थ है कि हमारी एकता ही देश के दुश्मनों की कमजोरी है। फिर चाहे वो दुश्मन बाहरी हो या आंतरिक। इसके विपरीत, हम जब तक धर्म के नाम पर, जात के नाम पर, या क्षेत्र के नाम पर बँटेंगे, तब-तब ये राष्ट्र-विरोधी ताकतें शक्तिशाली होती जाएँगी और भारत कमजोर होता जाएगा। अगर हम अपना भविष्य अच्छा व सुरक्षित करना चाहते हैं तो हमें सबसे पहले अपने राष्ट्र को शक्तिशाली करना होगा।

अफगानिस्तान और यूक्रेन के हालात से भला कौन वाकिफ नहीं है। कहीं डीजल पेट्रोल पानी से भी सस्ता है तो कहीं प्रति व्यक्ति आय ज्यादा पर राष्ट्र-विरोधी ताकतें और आंतरिक कलह के कारण देश कमजोर होता गया और जनता को अपना ही घर और क्षेत्र छोड़कर भागना पड़ा। इसलिए अगर हम भी ऐसे ही बँटेंगे और अपने देश को नुकसान पहुँचाएँगे तो इसमें नुकसान हमारा ही होगा।

क्या सोशल मीडिया एक अभिशाप है?

दुनिया में किसी भी चीज की खोज कभी भी अभिशाप के रूप में नहीं की जाती। अब तक इस बढ़ती टेक्नोलॉजी से हमें जो कुछ भी मिला है, उन सबकी समाज के लिए एक बेहतर मंशा ही रही है। कोई भी वस्तु एक अच्छे और भले उद्देश्य से बनाई जाती है। लेकिन वह वस्तु एक वरदान साबित होगी या अभिशाप, यह पूर्णत: समाज पर निर्भर करता है कि हमारा समाज उस वस्तु को किस प्रकार इस्तेमाल कर रहा है।

आज भी काफी लोग सोशल मीडिया का इस्तेमाल अच्छी सूचनाओं को साझा करने, ज्ञान का आदान-प्रदान करने व आय का स्रोत बढ़ाने के लिए करते हैं, तो वहीं कुछ लोग सोशल मीडिया पर अफवाहों को फैलाने का काम करते हैं। यह प्रत्येक व्यक्ति की व्यक्तिगत सोच है। लेकिन इस बात को कहना एकदम गलत होगा कि सोशल मीडिया एक अभिशाप है। अगर सोशल मीडिया का इस्तेमाल विवेकपूर्ण एवं अच्छे उद्देश्य के लिए किया जाए तो यह किसी वरदान से कम नहीं होगा, परंतु आज की परिस्थितियों के अनुसार सोशल मीडिया को सिर्फ वरदान कहना भी सही नहीं होगा। सोशल मीडिया पर कुछ सस्थाएँ ऐसी हैं, जो हमारे देश को किसी-न-किसी रूप से क्षति पहुँचा रही हैं और हमारा समाज भी जाने-अनजाने में एक कठपुतली की तरह उनके हाथों का एक मोहरा बनता जा रहा है, इसलिए सोशल मीडिया एक अभिशाप है या वरदान, यह इस पर निर्भर करता है कि हम सोशल मीडिया का इस्तेमाल कैसे कर रहे हैं।

कैसे करें सोशल मीडिया का इस्तेमाल ?

अब सवाल यह उठता है कि कैसे करें हम सोशल मीडिया का इस्तेमाल ? आज के दौर में हर कोई सोशल मीडिया का इस्तेमाल कर रहा है और लगातार विभिन्न प्रकार की पोस्ट अपडेट कर रहा है। कोई ज्ञानवर्धक, कोई किसी राजनीतिक पार्टी या विचारधारा से प्रभावित होकर कोई अपनी दैनिक दिनचर्या को सोशल मीडिया पर फोटो व वीडियो के माध्यम से रख रहा है और कोई डिजिटल मार्केटिंग एवं इनकम के नाम पर अलग-अलग पेज, ग्रुप व चैनल का निर्माण कर रहा है। प्रत्येक की एक ही मंशा होती हैं, सोशल मीडिया पर अधिक संख्या में लाइक, कमेंट और फॉलोवर इकट्ठा कर सकें। इन्हीं तीनों चीजों की चाहत तुम्हें सोशल मीडिया के नजदीक तो पहुँचा देती हैं, पर अपने समाज व परिवार से दूर कर देती हैं और हास्यास्पद बात यह है कि यही लोग अपने एकांत को खत्म करने के लिए सोशल मीडिया उपयोग कर रहे हैं।

इसलिए यहाँ बहुत जरूरी हो जाता है सोशल मीडिया का सही और विवेकपूर्ण इस्तेमाल की जानकारी होना। सोशल मीडिया का एक सही इस्तेमाल आपका सामाजिक स्तर तो बढ़ाएगा ही, साथ ही इन राष्ट्र-विरोधी ताकतों के कुषड्यंत्रों का मोहरा बनने से भी बचाव करेगा। सोशल मीडिया के सही इस्तेमाल के कुछ सुझाव निम्नलिखित हैं :

1. सोशल मीडिया का आवश्यकतानुसार इस्तेमाल

हमें सोशल मीडिया का इस्तेमाल कम-से-कम या जितना जरूरी हो, बस उतना ही करना चाहिए। किसी भी चीज की अधिकता आपको हानि पहुँचा सकती हैं और यही बात सोशल मीडिया उपयोग में भी लागू होती है। इसलिए हमें हमेशा सोशल मीडिया का इस्तेमाल एक हेल्दी ब्रेक के रूप में करना चाहिए, जिसका मकसद केवल अपने को तरोताजा करना ही हो, क्योंकि सोशल मीडिया का अत्यधिक इस्तेमाल आपको तनाव की ओर भी ले जा सकता है।

2. व्यक्तिगत जानकारी साझा न करें

सोशल मीडिया पर ऐसी कोई भी व्यक्तिगत जानकारी, जिससे आपकी सुरक्षा की बात जुड़ी हो, उसे साझा न करें और अपनी दैनिक दिनचर्या की जानकारी का भी सीधा प्रसारण सोशल मीडिया पर न करें। जैसे : आपका बैंक अकाउंट डिटेल, आप कहाँ जा रहे हो, कहाँ हो, किससे मिल रहे हो या क्या देख रहे हो इत्यादि। सोशल मीडिया में ऐसी जानकारी का मतलब अपनी सुरक्षा के साथ खिलवाड़ करना है। इसलिए, सुरक्षित रहने के लिए सतर्कता अत्यंत जरूरी है।

3. सोशल मीडिया का सकारात्मक इस्तेमाल

प्रत्येक व्यक्ति को सोशल मीडिया का इस्तेमाल ऐसे करना चाहिए, जिसमें उसका व्यक्तिगत और समाज का लाभ दोनों जुड़े हों। जैसे—

- सोशल मीडिया के द्वारा हम अपने दूर स्थित संबंधियों से आसानी से जुड़ सकते हैं एवं अपनी सूचनाएँ भी पहुँचा सकते हैं।
- सोशल मीडिया के द्वारा हम सरकार या उच्च अधिकारियों तक अपनी बात पहुँचा सकते हैं तथा अपनी समस्याओं का तेज व उचित निवारण प्राप्त कर सकते हैं।
- इसके माध्यम से हम घर बैठे शिक्षा प्राप्त कर सकते हैं। आज कई यू-ट्यूब चैनल, FB पेज व प्लेटफॉर्म ऐसे हैं, जो तुम्हें ऑनलाइन क्लासेस की सुविधाएँ देते हैं। कुछ तो सर्टिफाइड कोर्स भी उपलब्ध कराते हैं।
- यह एक अच्छा मनोरंजन का साधन है, जहाँ आप अपनी रुचि के अनुसार अपने मनपसंद प्रोग्राम का आनंद ले सकते हो।
- सोशल मीडिया आपको आय अर्जन में भी मदद करता है। सोशल मीडिया आपको नेटवर्क मार्केटिंग, डिजिटल मार्केटिंग व योग्यता अनुसार अनेक मंच भी प्रदान करता है, जिसका इस्तेमाल कर आप आय अर्जन भी कर सकते हो। बस आपको सतर्क रहने की आवश्यकता है कि कहीं आप डिजिटल व सोशल मीडिया

मार्केटिंग के नाम पर उन राष्ट्र-विरोधी ताकतों का मकसद तो पूरा नहीं कर रहे हो। इसलिए, प्रत्येक कृत्य में आपके विवेक का रहना अत्यंत जरूरी है।

4. फैक्ट चेक करें

बिना जानकारी के कोई भी पेज, ग्रुप व चैनल लाइक और फॉलो न करें और किसी भी पोस्ट को शेयर करने से पहले फैक्ट चेक जरूर करें। आज सोशल मीडिया पर बहुत से पेज व ग्रुप ऐसे हैं, जिनका काम नकारात्मकता को बढ़ावा देना है। इसलिए, प्रत्येक तथ्यों को समझने के बाद ही अपना निर्णय लें। सोशल मीडिया पर मिलने वाली सभी जानकारियाँ सही हों, ऐसा ज़रूरी नहीं, इसलिए आपको तीन चीजों पर ध्यान देना चाहिए, जैसे : सूचना के पीछे कौन है ? इसके सबूत क्या हैं ? और इसके स्रोत क्या हैं ? आजकल गूगल के सहारे भी आसानी से फैक्ट चेक किए जा सकते हैं।

बता दें, गलत जानकारी साझा करने व आपत्तिजनक पोस्ट करने के लिए भारत में साइबर क्राइम के तहत सजा का प्रावधान भी है। यह सजा तीन साल से ले कर आजीवन कारावास तक है, साथ ही जुरमाने का प्रावधान एक लाख से लेकर 10 लाख रुपए तक है। इसलिए यहाँ कोई भी न्यूज शेयर करने से पूर्व उसका फेक्ट चेक अत्यावश्यक भी हो जाता है। जिन तसवीरों व पोस्ट पर सही स्रोत नहीं दिया हो, जिनका सही संदर्भ नहीं हो और जो देखने से ही फर्जी लग रही हो, उनसे सावधान रहें।

हमेशा ध्यान रखिए कि फर्जी सूचना या समाचार को इस तरह तैयार किया जाता है कि उससे आपके भय और पूर्वग्रह को बल मिल सके। कोई समाचार सही या सच्चा प्रतीत हो रहा है तो जरूरी नहीं कि वह वास्तव में ऐसा हो ही। इसलिए, सोशल मीडिया का इस्तेमाल करते वक्त हमेशा किसी भी पोस्ट के लिए आलोचनात्मक नजरिया पैदा करें।

5. नकारात्मक चीजों और बहस से बचें

सोशल मीडिया का इस्तेमाल करते समय हमें नकारात्मक पोस्ट और बहस से सदैव बचना चाहिए। हमें सोशल मीडिया पर किसी पोस्ट व मीम्स के विचारों से भावावेश में आकर कमेंट के माध्यम से किसी भी प्रकार की बहस से बचना चाहिए। ऐसे कृत्य नकारात्मक चीजों को और बल देंगे और साथ-ही-साथ आपके सामाजिक रिश्ते भी खराब होते जाएँगे। सोशल मीडिया पर नकारात्मक पोस्ट का मकसद ही होता है कि वो समाज में फूट डाल सके। आपके द्वारा किए गए कमेंट बॉक्स में ये अनावश्यक बहस उनके मकसद को सफल करने में मदद करेगी।

सोशल मीडिया पर किसी भी पोस्ट पर अधिक कमेंट, शेयर व लाइक/डिसलाइक उस पोस्ट को वायरल करने में भी मदद करते हैं और जब आप किसी नकारात्मक पोस्ट पर कमेंट, लाइक/डिसलाइक व शेयर करते हो तो अप्रत्यक्ष रूप से आप उनका काम और सरल कर रहे हो या यों कहें, उनके मकसद का बस एक मोहरा बनकर रह गए हो। इसलिए हमें सदैव कोशिश करनी चाहिए कि कोई भी ऐसी नकारात्मक पोस्ट, जो देश व समाज के हित में न हो, उस पर कभी भी लाइक/डिसलाइक, शेयर व कमेंट न करें। बेशक, आपका कमेंट करने का मकसद उसका विरोध करना ही क्यों न हो।

नकारात्मक पोस्ट के खिलाफ जंग

जैसा कि पीछे बताया गया है कि हमें नकारात्मक पोस्ट, जो राष्ट्र और समाज को बाँटने का काम करती हो, ऐसी पोस्ट पर न कमेंट करना है और न ही लाइक/डिसलाइक व शेयर। पर फिर भी हमारा कर्तव्य है कि हम उस नकारात्मक पोस्ट को रोकें। क्योंकि ऐसी पोस्ट धर्म, जात और क्षेत्र के नाम पर देश व समाज दोनों को हानि पहुँचाती हैं। अब सवाल यह उठता है कि हम कैसे इस नकारात्मकता के खिलाफ मुहिम छेड़ सकते हैं? इसके लिए हमें नीचे दिए गए कुछ अभ्यासों को अपनी सोशल मीडिया का इस्तेमाल का एक भाग बना लेना होगा।

उदाहरण के लिए :

1. अगर आप फेसबुक पर कोई नकारात्मक पोस्ट देखते हो तो बिना रिएक्ट किए (लाइक, शेयर, कमेंट) राइट टॉप कॉर्नर में जाकर क्लिक करना है, अपने संदर्भ के लिए नीचे की फोटो देखें :

2. उसके बाद रिपोर्ट वीडियो ब्रॉडकास्ट (Report Video Broadcast) या रिपोर्ट पोस्ट (Report Post) ऑप्शन को क्लिक करना है, अपने संदर्भ के लिए नीचे की फोटो देखें :

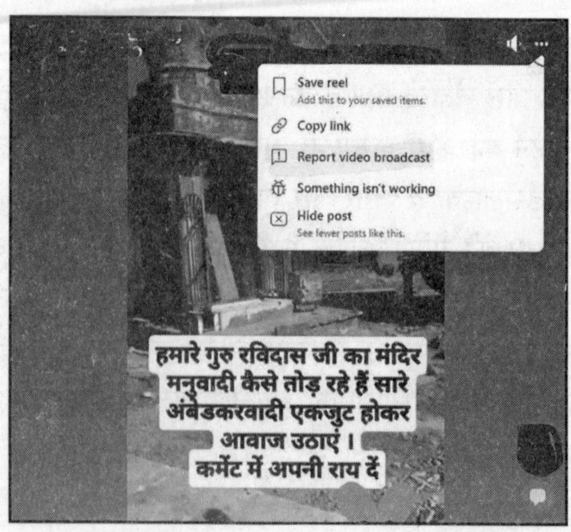

3. उसके बाद सही कैटेगरी का चुनाव कर उसकी रिपोर्ट फेसबुक को देनी है। जैसे, अगर इससे लड़ाई-झगड़े को प्रोत्साहन मिलता है तो 'VIOLENCE' सेलेक्ट करना है, नफरत इत्यादि को प्रोत्साहन देने वाला भाषण व संवाद है तो 'HATE SPEECH' सेलेक्ट करना है और सबमिट करना है, अपने संदर्भ के लिए नीचे की फोटो देखें :

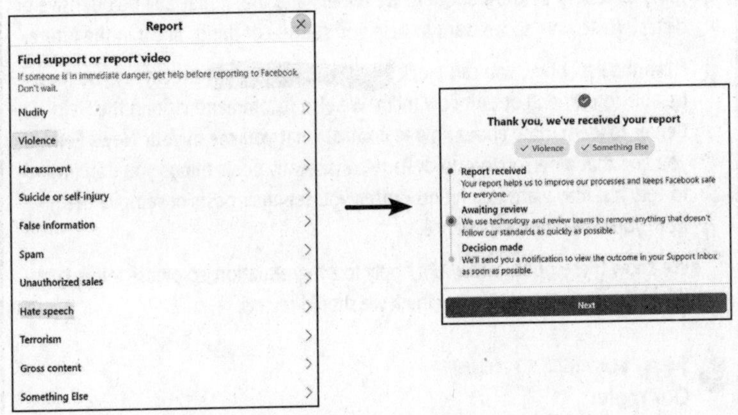

4. उसके बाद फेसबुक की तरफ से आपको एक संदेश आएगा और भारत के आई.टी. नियम के अनुसार फेसबुक को 1 सप्ताह के अंदर उस पोस्ट पर विचार करके यह तय करना होगा कि आपका कथन सत्य है या असत्य। और अगर आपकी सत्यता प्रमाणित होती है और पोस्ट कम्युनिटी गाइडलाइन के विरुद्ध दिखती है तो फेसबुक तुरंत उस पोस्ट को डिलीट करेगा और आरोपी यूजर का अकाउंट भी एक सप्ताह के लिए चेतावनी देते हुए बंद कर देगा। अगर फिर भी आरोपी यूजर ने दुबारा ऐसी पोस्ट की तो उसका अकाउंट हमेशा के लिए भी ब्लॉक किया जा सकता है।

ध्यान दें, भारत के आई.टी. नियम के अनुसार उपरोक्त किए गए सभी निर्देश के लिए फेसबुक आपकी पहचान गुप्त भी रखेगा, अपने संदर्भ के लिए नीचे की फोटो देखें—

Tuesday, March 21, 2023 at 7:27 PM

Thanks for your feedback

Case number: [illegible]

Thanks for letting us know about this. The post was reviewed, and though it doesn't go against one of our specific **Community Standards**, you did the right thing by letting us know about it. We understand that it may still be offensive or distasteful to you, so we want to help you see less of things like it in the future.

From the list above, you can block [illegible] directly, or you may be able to unfriend or unfollow them. We also recommend visiting the Help Center to learn more about how to **control what you see in your News Feed**. If you find that a person, group or Page consistently posts things you don't want to see, you may want to limit how often you see their posts or remove them from your Facebook experience.

We know these options may not apply to every situation, so please let us know if you see something else you think we should review.

Sunday, March 19, 2023 at 6:16 PM

Our reply

Case number: [illegible]

Thanks for letting us know about something that might go against our **Community Standards**. Reports like yours help keep Facebook safe and welcoming for everyone.

We'll notify you when your report has been reviewed.

In the meantime, see options to help you control what you see.

See options

इसके अलावा इंस्टाग्राम, यू-ट्यूब आदि प्लेटफॉर्म में भी किसी भी पोस्ट के खिलाफ रिपोर्ट करने की सुविधा उपलब्ध होती है। आप इन सुविधाओं का इस्तेमाल करके नकारात्मक पोस्ट के खिलाफ अपनी भावनाएँ व्यक्त कर सकते हो।

इंस्टाग्राम उदाहरण—

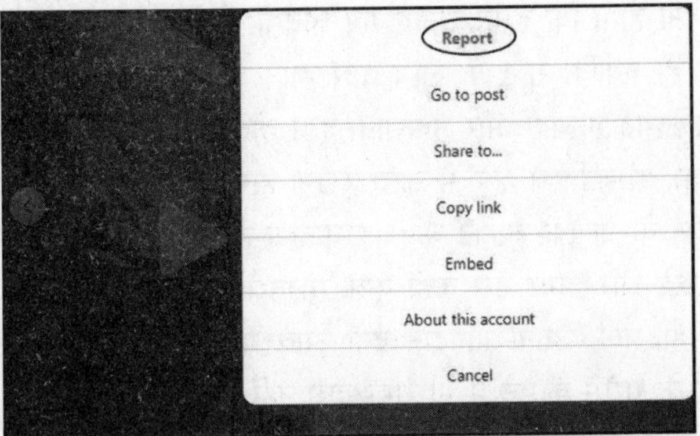

यू-ट्यूब उदाहरण—

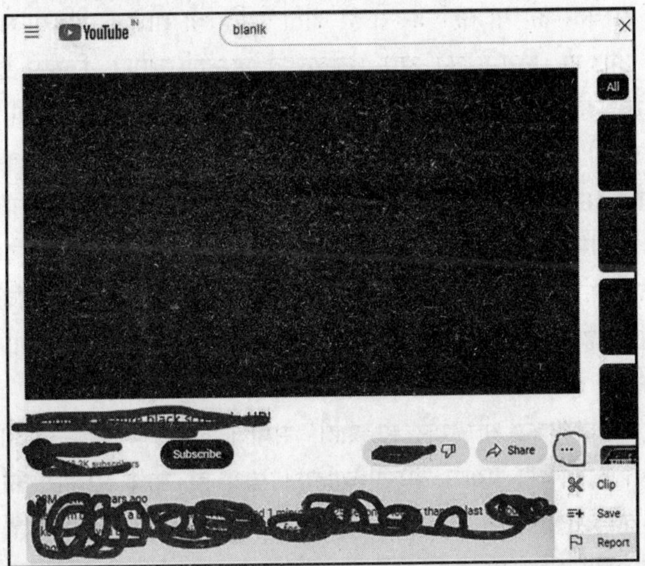

उपरोक्त अभ्यासों का इस्तेमाल करके हम इन राष्ट्र-विरोधी शक्तियों के सभी कुषड्यंत्रों में भेद लगाकर सोशल मीडिया को एक साफ-सुथरा प्लेटफॉर्म बना सकते हैं, जो देश की प्रगति के लिए एक अभिशाप नहीं, अपितु वरदान साबित होगा।

अपनी-अपनी संस्कृति, धर्म व क्षेत्र का सम्मान जरूरी है, पर हमें ध्यान देना होगा कि हमारे उठाए गए कदमों से देश का नुकसान तो नहीं हो रहा है, क्योंकि राष्ट्र के लाभ और हानि से ही देश के प्रत्येक व्यक्ति का व्यक्तिगत फायदा और नुकसान जुड़ा होता है। इसलिए हमें राष्ट्र को सभी धर्म, संस्कृति व क्षेत्र से ऊपर रखना होगा।

देश के प्रत्येक व्यक्ति का यह कर्तव्य है कि देश में शांति व्यवस्था बनाए रखे और अगर उसे कहीं कुछ गलत दिखे तो राष्ट्र-हित में जिससे जितना हो सके, उतना योगदान देना आवश्यक है, क्योंकि हर बात को सरकार के भरोसे छोड़ने में भी समझदारी नहीं। सोशल मीडिया का मामला एक ऐसा मामला है, जिसे केवल सरकार द्वारा तब तक नहीं सुलझाया जा सकता, जब तक देश का प्रत्येक नागरिक इसकी जिम्मेदारी न ले।

सरकार को भी यहाँ जरूरी हो जाता है कि वो सोशल मीडिया से जुड़े सभी आई.टी. नियमों को और मजबूत व पारदर्शी बनाए, जिससे प्रत्येक नागरिक को सही जानकारी मिल सके; और साथ-ही-साथ जितना हो सके, समाज की इन विभिन्नताओं को समाप्त करने का प्रयास करना होगा। आज भी कई सरकारी कागजों पर अपनी नागरिकता के साथ-साथ अपना धर्म, जात व समुदाय लिखना पड़ता है, जिसकी कोई आवश्यकता नहीं दिखती। सरकार को यहाँ भी कुछ नियम बनाने की आवश्यकता है कि जब तक जरूरी न हो, इन सब जानकारी को लिखना अनिवार्य न हो, बस नागरिकता ही काफी हो अपनी पहचान बताने के लिए।

सरकार को धीरे-धीरे ही सही, समाज की इन विभिन्नताओं को समाप्त करने का प्रयास करना चाहिए। साथ-ही-साथ सरकार को ऐसे क्षेत्रों को अंकित कर जहाँ आज भी मूलभूत सुविधाएँ उपलब्ध नहीं हैं और जनता लगातार संघर्ष कर रही है वहाँ विशेष ध्यान दें, ताकि क्षेत्रवाद जैसी समस्याओं को जड़ से समाप्त किया जा सके। उदाहरण के लिए, नोएडा से जुड़े शाहबेरी जैसे कई गाँवों में आज भी मूलभूत सुविधाओं (जैसे : सीवेज, सड़क और बिजली इत्यादि।) के अभाव के कारण वहाँ की जनता बहुत परेशान है। याद रहे, यही परेशानी धीरे-धीरे संघर्ष को जन्म देती है।

जो बाद में राष्ट्र की परेशानी बन जाती है। इसलिए जैसे देश का विकास क्षेत्र के विकास से जुड़ा होता है, ठीक उसी प्रकार क्षेत्र का विकास भी देशहित के लिए अनिवार्य बन जाता है।

आज सोशल मिडिया एप्प में छोटी-छोटी वीडियों पर टेलेंट दिखाने के नाम पर नग्नता व फूहड़ता को पेश कर सारी हदे पार हो रही है और भारत की संस्कृति को बर्बाद किया जा रहा है। जहाँ समाज के साथ-साथ सरकार के लिए भी जरूरी हो जाता है की इस ओर कोई ठोस कदम उठाया जाए। सरकार और समाज के मिलझुले प्रयासों से ही सभी समस्याओं को अत्यंत आसानी से सुलझाया जा सकता हैं।

यहाँ एक बात समझ में आती है कि हमें हमेशा विवेकपूर्ण तरीके से ही किसी भी समुदाय, पेज व ग्रुप का भाग बनना चाहिए। हमेशा अपने विचारों को स्वतंत्र रखना चाहिए और किसी भी हालात में अपने विवेक को शून्य नहीं करना चाहिए। अन्यथा कुछ राष्ट्र-विरोधी व समाज-विरोधी ताकतें आपको अपने ही दोस्त, अपने ही समाज और अपने ही देश के खिलाफ इस्तेमाल करते हैं और आप बस उनके मकसद का एक मोहरा मात्र ही रह जाते हो।

हर व्यक्ति दुनिया में अपने-अपने दिमाग के साथ पैदा हुआ है, इसलिए उसे अपने विचारों को हमेशा स्वतंत्र रखना चाहिए, किसी और के विचारों को अपने ऊपर इतना हावी नहीं करना चाहिए कि वो दूसरे के दिमाग के अनुसार प्रतिक्रियाएँ दे। अगर ऊपर वाले की यही मंशा होती कि एक इंसान दूसरे इंसान को फॉलो करे तो वो इंसान नहीं बनाता, बल्कि फॉलोवर पैदा करता। इसलिए, अपने विचारों को इतना स्वतंत्र रखे कि सही को सही और गलत को गलत कह सके।